DU MÊME AUTEUR

Du monde entier

PHILIP ROTH

UN HOMME

Traduit de l'anglais (États-Unis)
par Josée Kamoun

nrf

GALLIMARD

Titre original :

EVERYMAN

à J. C.

Ici-bas, où les hommes ne s'assemblent que
    pour s'entendre gémir,
Où la paralysie fait trembler sur le front un triste
    reste de cheveux gris,
Où la jeunesse devient blême, spectre d'elle-
    même, et meurt,
Où le simple penser est comble du chagrin...

JOHN KEATS,
« Ode à un rossignol »
(traduit par Albert Laffay, éd. Aubier, 1968)

Autour de la tombe, dans le cimetière délabré, il y avait d'anciens collègues de l'agence de publicité new-yorkaise, qui rappelèrent son énergie et son originalité et dirent à sa fille, Nancy, tout le plaisir qu'ils avaient eu à travailler avec lui. Il y avait aussi des gens venus de Starfish Beach, le village de retraités sur la côte du New Jersey, où il s'était installé en 2001 à Thanksgiving, ces gens âgés auxquels, hier encore, il donnait des cours de peinture. Et puis il y avait ses deux fils, Randy et Lonny, quadragénaires nés d'un premier mariage houleux, deux fils « du côté de leur mère » et qui, l'ayant plus souvent entendu traîné dans la boue que porté au pinacle, n'étaient venus que par devoir. Son frère aîné Howie et sa belle-sœur étaient arrivés de Californie la veille, et puis il y avait l'une de ses trois ex-femmes, la deuxième, Phoebe, la mère de Nancy, une grande femme émaciée aux cheveux blancs, dont le bras droit pendait, inerte, à son flanc. Lorsque Nancy lui demanda si elle voulait dire un mot, elle secoua la tête, intimidée, mais énonça pourtant, à voix basse, non sans quelques difficultés d'élocution : « On a tant de mal à y croire. Je le revois toujours en train de nager dans la baie, voilà. Je le revois tout le temps en train de nager dans la baie. » Et puis, bien sûr, il y avait Nancy ; c'était elle qui avait organisé les obsèques de son père, et joint par téléphone les personnes présentes, pour ne pas se retrouver toute seule avec sa mère et ses oncle et tante derrière le cercueil. Il n'y avait qu'une femme dont la présence ne dût rien à une invitation ; une femme corpulente, au visage rond et avenant, aux cheveux teints en roux ; en arrivant au cimetière sans autre cérémonie, elle s'était présentée sous le nom de Maureen, infirmière libérale qui s'était occupée du défunt après son pontage cardiaque, des années plus tôt. Howie se souvenait d'elle, et il l'embrassa.

Nancy prit la parole : « Je vais peut-être commencer par vous dire un mot de ce cimetière, parce que j'ai découvert que le grand-père de mon père, mon arrière-grand-père, qui se trouve enterré dans le petit périmètre original avec mon arrière-grand-mère, en fut aussi l'un des fondateurs, en 1888. L'association d'entreprises de pompes funèbres qui a financé et bâti le cimetière émanait de sociétés de bienfaisance et de communautés juives éparpillées sur les comtés d'Essex et d'Union. Mon arrière-grand-père tenait à Elizabeth une pension de famille qui recevait essentiellement des immigrants de fraîche date, et il se préoccupait de leur sort avec plus de sollicitude qu'un simple hôtelier. Voilà pourquoi il a fait partie des contributeurs qui ont acheté ce terrain qui se trouvait là, terrain qu'ils ont nivelé et paysagé eux-mêmes, et voilà pourquoi il en a été le premier administrateur. Il n'était plus tout jeune, mais dans la force de l'âge, et le document qui précise que le cimetière servira à "inhumer les membres décédés selon la loi et les rites juifs" porte sa seule signature. On ne le voit hélas que trop bien, l'entretien des concessions, de l'enceinte et des grilles laisse aujourd'hui à désirer. Bien des éléments sont vermoulus, écroulés, les grilles sont rouillées, les verrous ont disparu, il y a eu des actes de vandalisme. Aujourd'hui, le cimetière se retrouve en bout d'aéroport, et ce roulement régulier que vous entendez, à quelques kilomètres d'ici, c'est le bruit de l'autoroute du New Jersey. J'avais d'abord pensé enterrer mon père sur un beau site, une de ces plages où il allait se baigner avec ma mère, quand ils étaient jeunes, ces rivages le long desquels il aimait nager. Pourtant, même si la dégradation qui règne ici me fend le cœur — et je veux bien croire qu'elle vous fait le même effet, peut-être même que vous vous demandez pourquoi nous sommes réunis dans un lieu si cruellement griffé par le temps —, je voulais qu'il repose auprès de ceux qui l'avaient aimé et dont il descendait. Mon père aimait ses parents, et sa place est à côté d'eux. Je ne voulais pas qu'il se retrouve tout seul ailleurs. » Elle fit une pause, le temps de maîtriser son émotion. C'était une femme d'environ trente-cinq ans, au doux visage dont la joliesse toute simple rappelait celle de sa mère. Elle semblait en cet instant totalement dénuée d'assurance, et même de courage ; on aurait dit une gamine de dix ans dépassée par son chagrin. Elle se tourna vers le cercueil et prit une poignée de terre ; avant de la laisser glisser sur le couvercle, elle dit comme en passant, avec l'air d'une jeune fille désemparée :

«Voilà, c'est la fin de l'histoire. Nous ne pouvons rien faire de plus, Papa.» Puis elle se rappela la maxime stoïque qu'il répétait lui-même, des décennies plus tôt, et elle se mit à pleurer. «On ne peut pas réécrire l'histoire, lui dit-elle. Il faut prendre la vie comme elle vient. Il faut tenir bon et prendre la vie comme elle vient.»

Puis ce fut à Howie de jeter une poignée de terre sur le cercueil ; enfant, il avait été l'idole de son petit frère, qu'il avait pour sa part traité avec affection, sans jamais le brusquer, lui apprenant patiemment à monter à vélo, à nager, à pratiquer tous les sports où il excellait lui-même ; à l'âge de soixante-dix-sept ans, il avait encore une carrure à porter le ballon au-delà du pack adverse. Il n'avait jamais mis les pieds à l'hôpital, et, quoique issu des mêmes parents, avait joui d'une santé insolente toute sa vie.

La voix enrouée par l'émotion, il chuchota à sa femme : «Mon petit frère... ça n'a aucun sens.» Puis, tout haut : «On va voir si j'y arrive. Parlons de cet homme, parlons de mon frère...» Il marqua un temps pour mettre de l'ordre dans ses idées et tâcher de tenir un discours sensé. Sa manière de parler, son timbre agréable étaient si proches de ceux de son frère que Phoebe se mit à pleurer ; aussitôt Nancy lui prit le bras. «Sur la fin de sa vie, dit-il, les yeux baissés vers la tombe, il a eu des problèmes de santé ; et puis il y avait la solitude — autre problème, non moins grave. On se téléphonait chaque fois qu'on pouvait, même si, vers la fin, il s'est coupé de moi pour des raisons qui m'échappent un peu. Dès le lycée, il a éprouvé un désir irrésistible de peindre, et quand il a pris sa retraite, après une brillante carrière dans la publicité où il a été directeur artistique puis directeur de la création, après avoir passé sa vie dans ce métier, il a peint pratiquement chaque jour qui lui restait à vivre. On pourrait dire de lui ce qui a sans doute été dit de presque tous ceux qui sont enterrés ici, par ceux qui les aimaient : Il est parti trop tôt. Bien trop tôt. » Là-dessus, après un bref silence, son expression d'accablement fit place à un petit sourire triste : « Quand je suis entré au lycée, j'avais entraînement l'après-midi ; alors c'est lui qui s'est mis à faire les courses que me confiait mon père jusque-là. Du haut de ses neuf ans, il adorait prendre le bus pour Newark avec une enveloppe bourrée de diamants dans la poche de sa veste. Là-bas, à l'atelier, sur Frelinghuysen Avenue, les employés de mon père, le sertisseur, le polisseur, le calibreur, et puis l'horloger qui réparait les montres, travaillaient chacun dans son alcôve. Il raffolait de ces virées, mon frère. Je pense que c'est en regardant les artisans accomplir leur tâche solitaire dans leur réduit qu'il a eu l'idée de travailler de ses mains et de se faire artiste. Et je crois aussi que c'est en regardant les facettes des diamants sous la loupe de joaillier de mon père qu'il a découvert sa vocation. » À cet instant, Howie ne put réprimer un petit frisson de rire, qui allégeait son fardeau immédiat. « De nous deux, j'étais le plus conventionnel ; voir des diamants, ça m'a donné envie d'être riche. » Puis il reprit son récit où il l'avait laissé, devant la large fenêtre ensoleillée de leur enfance commune. « Une fois par mois, notre père faisait paraître une petite réclame dans l'*Elizabeth Journal*, et pendant les fêtes, entre Thanksgiving et Noël, il la faisait paraître

17

toutes les semaines : "Échangez votre vieille montre contre une neuve." Toutes les vieilles montres, le plus souvent irréparables, qu'il avait accumulées étaient mises au rancart dans un tiroir de l'arrière-boutique. Mon petit frère restait assis devant, des heures durant, à faire tourner les aiguilles ou à écouter le tic-tac, quand elles faisaient encore tic-tac ; il étudiait le cadran, le boîtier. Leur mécanisme lui mettait en branle les rouages du cerveau. Il devait y en avoir au moins cent, deux cents, de ces montres reprises, et le lot entier ne valait pas plus de dix dollars, mais à ses yeux d'artiste en herbe, ce tiroir de l'arrière-boutique était une malle aux trésors. C'était là qu'il allait chercher ses montres ; il en avait toujours une au poignet, une de celles qui marchaient. Et celles qui lui plaisaient, dont il aimait la forme, il les bricolait — sans succès, d'ailleurs : en général, il les détraquait un peu plus encore. Mais quand même, c'est comme ça qu'il a commencé à travailler de ses mains, en s'appliquant à des tâches minutieuses. Mon père engageait toujours deux gamines tout juste sorties du lycée, des petites de dix-huit vingt ans, pour lui donner un coup de main au comptoir. De jolies petites gamines d'Elizabeth, gentilles, bien élevées, présentant bien, toujours des chrétiennes, le plus souvent des catholiques d'origine irlandaise, dont les pères et les oncles travaillaient chez Singer, à la biscuiterie, sur le port. Il se disait que ça mettrait le client à l'aise, de trouver dans la boutique des petites chrétiennes charmantes. Quand on le leur demandait, elles essayaient les bijoux, elles faisaient les mannequins, et avec un peu de chance, la cliente se décidait à acheter. Notre père nous le disait, quand une jolie fille porte un bijou, les autres femmes se figurent qu'il va faire le même effet sur elles. Les gars du port, qui entraient acheter une bague de fiançailles, une alliance, s'enhardissaient parfois à prendre la main de la vendeuse, pour voir la pierre de près. Mon frère aimait la compagnie des filles, aussi, bien avant de comprendre ce qui lui plaisait tant dans cette compagnie. Il les aidait à vider la devanture et les vitrines, à la fin de la journée. Il se mettait en quatre pour elles. On vidait la devanture et les vitrines de tous les bijoux, sauf les moins chers, et juste avant la fermeture, ce petit gamin ouvrait le grand coffre de l'arrière-boutique avec la combinaison que mon père lui avait confiée. Toutes ces tâches, je les avais accomplies avant lui, y compris serrer les filles d'aussi près que je pouvais, deux blondes en particulier, deux sœurs nommées Harriet et May. Au fil des années, on a connu Harriet, May, Annmarie, Jean, on a connu Myra, Mary, Patty, et puis Kathleen et Corine, et toutes, sans exception, avaient un faible pour ce gamin. Quand arrivaient novembre et la période des fêtes, Corine, qui était une beauté, se mettait au banc d'orfèvre, dans l'arrière-boutique, et, avec mon petit frère, elle envoyait aux clients les catalogues qu'imprimait la boutique. C'était une saison où les affaires marchaient ; mon père restait ouvert six soirs par semaine, tout le monde travaillait comme une brute. Quand on donnait une boîte d'enveloppes à mon frère, il n'avait pas son pareil pour les compter, parce qu'il était très adroit, et qu'en plus il les comptait par cinq. Chaque fois que je mettais le nez à la boutique, je le trouvais occupé à faire son numéro de comptage d'enveloppes pour impressionner Corine. Il ne négligeait rien pour mériter sa réputation de fils de confiance, ce gamin ! C'était l'épithète favorite de mon père pour nous : fils de confiance. Avec les années, notre père a vendu des alliances aux Irlandais, aux Allemands, aux Slovaques et aux Polonais — en général des pauvres diables d'ouvriers. Une fois sur deux, après la vente, on était tous invités au mariage. Les gens l'aimaient bien, il avait de l'humour, il vendait pas cher, il faisait crédit à tout le monde ; alors on y allait, à l'église d'abord, et à la noce ensuite, des noces à tout casser. On a connu la Crise, on a connu la guerre, mais on a eu les mariages, aussi, et puis nos petites vendeuses, et nos virées à Newark en autobus, avec des diamants plein les poches de nos cabans, des diamants qui valaient des centaines de dollars, bien rangés dans leurs enveloppes. Sur chaque enveloppe, notre père écrivait les instructions pour le sertisseur ou le calibreur. Il y avait le coffre-fort Mosley, haut d'un mètre cinquante, avec ses crédences pour glisser les plateaux de bijoux qu'on y rangeait soigneusement tous les soirs, et qu'on en sortait tous les matins... et tout ça, c'était le noyau de la vie de mon frère, l'enfant sage. » De nouveau, Howie posa les yeux sur le cercueil. « Que dire de plus ? Je crois qu'il vaudrait mieux s'en tenir là. Continuer indéfiniment, remuer d'autres souvenirs... mais pourquoi pas, au fond ? En famille et entre amis, on n'en est pas à quelques litres de larmes près. À la mort de notre père, mon frère m'a demandé si je voyais un inconvénient à ce qu'il récupère sa montre. C'était une Hamilton, fabriquée à Lancaster, en Pennsylvanie et, selon le patron, expert en la matière, c'était la plus belle montre de marque américaine. Chaque fois qu'il en vendait une, il assurait au client qu'il avait fait le bon choix. "Vous voyez, j'en porte une moi-même. C'est une montre très très prisée, la Hamilton. D'après moi, pour les montres américaines, il n'y a pas mieux." Elles coûtaient soixante-dix-neuf dollars cinquante, si je me souviens bien. À l'époque, le prix de vente se terminait toujours par cinquante *cents*. La Hamilton était très cotée. De fait, elle avait de la classe, mon père adorait la sienne, et quand mon frère a dit qu'il aimerait bien la porter, j'étais ravi. Il aurait pu prendre la loupe de joaillier et l'étui à diamants avec. C'était un vieil étui en cuir usé, que mon père mettait dans sa poche chaque fois qu'il sortait de la boutique pour une transaction ; il contenait les pincettes et les tournevis miniature, avec l'anneau à calibrer, pour les pierres rondes, et les feuilles de papier de soie blanc, pour envelopper les diamants à sertir. C'étaient de beaux objets, traités avec amour, ses instruments de travail, qu'il avait tenus dans ses mains, et portés contre son cœur, mais on a décidé d'enterrer avec lui la loupe, l'étui et tout ce qu'il contenait. Il mettait toujours la loupe dans la même poche, et ses cigarettes dans l'autre, et on a glissé la loupe dans son linceul. Je me rappelle que mon frère a dit : "En toute logique, on devrait la lui coller à l'œil." Voilà où on en était, déboussolés par le chagrin. On ne savait pas quoi faire. À tort ou à raison, ça paraissait la seule chose à faire, parce que ces objets qui lui appartenaient avaient fini par faire corps avec lui. Pour terminer sur le chapitre de la Hamilton, la vieille Hamilton de mon père, celle avec le remontoir en forme de couronne, qu'on tournait tous les matins, et dont on tirait la tige pour changer la position des aiguilles, mon frère la portait jour et nuit, il ne la retirait que pour se baigner. Il y a seulement quarante-huit heures qu'il l'a retirée pour de bon. Il l'a confiée à l'infirmière pour qu'elle la mette au coffre, pendant l'opération qui l'a tué. Ce matin, dans la voiture, sur le chemin du cimetière, ma nièce Nancy m'a montré qu'elle avait fait un cran de plus dans le bracelet, et à présent c'est elle qui s'en sert pour lire l'heure. »

Vinrent ensuite les fils, qui allaient sur la cinquantaine ; avec leurs cheveux noirs lustrés, leurs yeux sombres expressifs, leurs grandes bouches pareillement charnues et sensuelles, ils étaient tout le portrait de leur père, et de leur oncle au même âge, chacun bel homme quoique un peu empâté, et apparemment aussi proches l'un de l'autre qu'ils étaient irrémédiablement brouillés avec leur défunt père. Ce fut Lonny, le cadet, qui s'approcha le premier de la tombe. Mais sitôt qu'il eut ramassé une poignée de terre, il fut parcouru de frissons et de tremblements comme s'il allait être pris de vomissements violents. Il était submergé par un sentiment à l'égard de son père qui n'était pas de l'hostilité, mais que son hostilité lui interdisait de libérer. Lorsqu'il ouvrit la bouche, il n'en sortit qu'une série de hoquets ridicules, comme si le tourment qui le possédait risquait fort de ne finir qu'avec lui. Il était dans un état si désespéré que Randy, l'aîné, le plus affirmé des deux frères, l'homme de tous les rappels à l'ordre, vint aussitôt à sa rescousse. Il lui prit la terre des mains, et la lança sur le cercueil en leur nom. Et il n'eut aucune peine à formuler la phrase : « Dors en paix, papa », même si toute nuance de tendresse, de chagrin, d'amour, ou de deuil fut cruellement absente de sa voix.

La dernière à s'approcher du cercueil fut Maureen, l'infirmière libérale, qui avait l'air d'une battante, pour qui la vie comme la mort n'avaient pas de secrets. Dans un sourire, elle fit lentement couler la terre du creux de sa main sur le cercueil, en un geste qu'on aurait cru préluder à l'acte de chair. De toute évidence, l'homme qui était là lui avait jadis beaucoup occupé l'esprit.

Ce fut la fin. On n'avait rien exprimé de spécial. Avaient-ils tous dit ce qu'ils avaient à dire ? Non, et pourtant si, bien sûr. D'un bout à l'autre de l'État, ce jour-là, il y avait eu cinq cents enterrements pareils à celui-là, ordinaires, sans surprise, et, hormis les trente secondes de flottement occasionnées par les fils — et le moment où Howie avait fait revivre avec une précision laborieuse le monde de l'innocence, tel qu'il existait avant l'invention de la mort, cette vie sans fin dans l'Éden de leur père, paradis de cinq mètres de large sur treize de profondeur, déguisé en bijouterie vieillotte —, un enterrement ni plus ni moins intéressant que les autres. Mais enfin, le plus déchirant, c'est ce qui est commun, le plus accablant, c'est le fait de constater une fois encore la réalité écrasante de la mort.

En l'espace de quelques minutes, tout le monde s'était éloigné ; le pas lourd et la larme à l'œil, ils avaient pris du champ après cette besogne rebutante entre toutes aux yeux du genre humain, et il resta tout seul. Bien sûr, comme pour n'importe quelle mort, si beaucoup avaient du chagrin, certains demeuraient indifférents, ou éprouvaient même du soulagement, tandis que d'autres, à tort ou à raison, se réjouissaient de bon cœur.

Bien qu'il se fût habitué à être seul, à se débrouiller tout seul depuis son dernier divorce dix ans plus tôt, la nuit précédant l'opération, une fois couché, il s'efforça de se remémorer aussi précisément que possible toutes les femmes qui avaient attendu à son chevet qu'il émerge de son anesthésie dans la salle de réveil ; il se rappela même la plus désemparée de ses compagnes, sa dernière épouse, auprès de qui se remettre d'un quintuple pontage coronarien n'avait pas été une partie de plaisir. La partie de plaisir, il l'avait connue avec l'infirmière libérale, discrète et professionnelle, qui avait accompagné sa convalescence à domicile avec un dévouement optimiste lui assurant une guérison lente et régulière, et avec qui, à l'insu de sa femme, il avait entretenu une liaison dès qu'il avait recouvré toute sa puissance sexuelle. Maureen. Maureen Mrazek. Il avait remué ciel et terre pour la retrouver. Il aurait voulu qu'elle vienne le soigner, si jamais il avait besoin d'une infirmière à sa sortie d'hôpital, cette fois encore. Mais seize ans s'étaient écoulés, et l'agence médicale qui la lui avait trouvée à l'époque avait perdu sa trace. Elle devait avoir quarante-huit ans aujourd'hui ; selon toute vraisemblance, elle était mariée et mère de famille ; la jeune femme énergique et bien faite devait avoir pris du poids avec l'âge, tandis que lui avait perdu la bataille de l'invulnérabilité, puisque le temps avait métamorphosé son corps en arsenal d'artefacts destinés à éviter le malaise cardiaque.

Il lui fallait désormais déployer des trésors de ruses pour faire échec à l'obsession de sa propre mort.

La vie était passée depuis, mais, il se souvenait encore du trajet jusqu'à l'hôpital avec sa mère, pour se faire opérer d'une hernie, à l'automne 1942, un trajet en autobus qui n'avait pas duré plus de dix minutes. D'habitude, quand il se rendait quelque part avec sa mère, c'était dans la voiture familiale, son père au volant. Mais cette fois-là, ils n'étaient que tous les deux, et ils avaient pris le bus pour se rendre à l'hôpital où il était né ; c'était la présence de sa mère qui calmait ses appréhensions et lui donnait du courage. Tout petit, on lui avait retiré les amygdales dans ce même hôpital, mais il n'y était jamais retourné depuis. Cette fois, il allait y passer quatre jours et quatre nuits. C'était un petit garçon de neuf ans raisonnable, sans problèmes saillants, mais dans l'autobus il s'était senti régresser, et il s'était aperçu qu'il avait besoin d'avoir sa mère auprès de lui alors qu'il croyait avoir dépassé ce stade.

Son frère, en première année de lycée, avait cours ce jour-là ; son père avait pris la voiture pour partir au travail bien plus tôt. Une petite mallette reposait sur les genoux de sa mère, contenant une brosse à dents, un pyjama et des pantoufles, ainsi que les livres qu'il avait l'intention de lire. Il se rappelait encore de quels livres il s'agissait. L'hôpital était à deux pas de la bibliothèque municipale, de sorte que sa mère pourrait renouveler son stock s'il venait à les finir avant sa sortie. Il aurait ensuite une semaine de convalescence à la maison avant de pouvoir retourner à l'école, et il était plus inquiet à l'idée de manquer les cours qu'à celle de se voir plaquer un masque d'éther sur le visage. Au début des années quarante, les hôpitaux ne permettaient pas encore aux parents de passer la nuit auprès de leurs enfants ; il lui faudrait donc dormir sans avoir sa mère, son père ni son frère à proximité. Ça aussi, ça l'inquiétait.

Sa mère s'exprimait bien, avec une courtoisie que leur rendirent les dames qui l'enregistrèrent au bureau des admissions, ainsi que les infirmières du carré, lorsqu'ils sortirent de l'ascenseur pour arriver dans l'aile des enfants, en chirurgie. C'était sa mère qui portait la mallette, pourtant légère, parce qu'il n'avait pas le droit de soulever quoi que ce soit avant l'opération et la guérison complète. Il avait découvert cette bosse à l'aine quelques mois plus tôt, et, sans rien dire à personne, il avait essayé de la faire disparaître en appuyant dessus avec ses doigts. Il ne savait pas au juste ce que c'était qu'une hernie, ni quelle importance accorder à une bosse aussi proche de ses parties génitales.

En ce temps-là, le médecin pouvait prescrire le port d'un corset rigide avec des baleines métalliques si la famille ne souhaitait pas faire opérer l'enfant, ou n'en avait pas les moyens. À l'école, il connaissait un garçon qui en portait un, et s'il n'avait pas parlé de cette bosse qui lui était poussée, c'était aussi parce qu'il avait peur d'être obligé de porter un corset que ses camarades verraient quand il mettrait son short, avant le cours de gym.

Lorsqu'il finit par avouer la vérité à ses parents, son père l'emmena chez le médecin. Ce dernier eut tôt fait de l'examiner et d'établir son diagnostic, après quoi il s'entretint avec son père, et prit les dispositions nécessaires pour le faire opérer. Tout s'était passé en un clin d'œil et le médecin — c'était celui qui l'avait mis au monde — lui assura qu'il guérirait sans difficulté, puis plaisanta sur la bande dessinée *Li'l Abner* qu'ils aimaient bien lire tous les deux, dans le journal du soir.

Le docteur Smith, qui allait l'opérer, était le meilleur chirurgien de la ville, lui dirent ses parents. Tout comme son père, ce docteur Smith, né Solly Smulowitz, fils d'immigrants pauvres, avait grandi dans les taudis.

Il n'était pas depuis une heure à l'hôpital qu'on l'avait déjà mis au lit, alors que l'opération ne devait avoir lieu que le lendemain matin — c'est ainsi qu'on traitait les malades, à l'époque.

Il partageait sa chambre avec un garçon opéré de l'estomac, qui n'avait pas encore l'autorisation de se lever. La mère du petit était à son chevet, le tenant par la main. Quand le père vint le voir, après son travail, les parents se parlèrent en yiddish, et il en conclut qu'ils étaient trop inquiets pour parler anglais devant leur fils. Le seul endroit où il ait entendu parler yiddish, c'était à la bijouterie, quand les réfugiés venaient acheter des montres Schaffhausen, une marque difficile à trouver, et que son père se mettait en quatre pour leur dénicher. « Je veux une Schaffhausen, une Schaffhausen » : c'était là tout leur anglais. Certes, on ne parlait pratiquement que yiddish lorsque les hassidim de New York venaient jusqu'à Elizabeth, une ou deux fois par mois, pour réassortir le stock de diamants — garder un stock important au coffre serait revenu trop cher à son père. Les marchands de diamants hassidim étaient bien moins nombreux avant la guerre qu'après, en Amérique. Mais son père avait de tout temps préféré travailler avec eux plutôt

27

qu'avec les gros diamantaires. Le marchand qui venait le plus souvent, et que son itinéraire d'immigrant avait mené avec sa famille de Varsovie à Anvers puis à New York en l'espace de quelques années, était un homme d'un certain âge, vêtu d'un long manteau noir et coiffé d'un chapeau noir comme il n'en avait jamais vu sur personne, pas même sur d'autres Juifs, dans les rues d'Elizabeth. Il portait la barbe et les papillotes et transportait les diamants dans une poche attachée autour de sa taille, cachée par des ceintures à franges, dont la signification religieuse échappait au laïc en herbe qu'il était — et qui, à vrai dire, lui paraissaient ridicules, même après que son père lui eut expliqué pourquoi les hassidim s'habillaient encore comme leurs ancêtres du Vieux Continent deux cents ans plus tôt, vivant d'ailleurs plus ou moins à leur manière, alors que, comme il l'avait maintes fois fait observer à son père, ici ils étaient en Amérique, libres de s'habiller, de se raser, et de mener leur vie comme bon leur semblait. Lorsqu'il maria l'un de ses sept fils, le marchand de diamants invita toute la famille au mariage, à Brooklyn. Tous les hommes présents portaient la barbe, les femmes portaient perruque ; à la synagogue, les deux sexes étaient séparés par une cloison, et ensuite, à la fête, ils n'avaient même pas dansé ensemble : tout leur avait déplu, à lui et à Howie, dans ce mariage. Quand le marchand arrivait à la boutique, il retirait son manteau mais gardait son chapeau, et son père et lui allaient s'asseoir derrière la vitrine, devisant aimablement en yiddish, langue que ses grands-parents paternels avaient continué de parler jusqu'à la fin de leur vie, dans leur foyer d'immigrants, avec leurs enfants nés sur le sol américain. Mais quand venait l'heure d'examiner les diamants, ils passaient tous deux dans l'arrière-boutique, où se trouvaient le coffre, le banc d'orfèvre et un lino marron, ainsi que, coincés derrière une porte qui ne fermait jamais tout à fait, même quand on avait réussi à fixer le crochet de l'intérieur, un siège de toilettes et un minuscule lavabo. Son père payait toujours séance tenante, par chèque.

Après avoir fermé la boutique avec Howie, c'est-à-dire après avoir tiré la grille cadenassée sur la vitrine, branché l'alarme, et fermé tous les verrous de la porte d'entrée, son père parut dans la chambre d'hôpital de son cadet et le serra dans ses bras.

Il était là quand le docteur Smith vint se présenter. Le chirurgien n'était pas en blouse blanche, mais en costume de ville, et son père se leva d'un bond dès qu'il le vit entrer dans la pièce : « C'est le docteur Smith ! s'écria-t-il.

— Alors voilà mon malade, dit le docteur Smith, qui s'approcha de son chevet pour le prendre par l'épaule. Bon, on va guérir cette hernie demain, et tu seras comme neuf. Tu aimes jouer à quel poste ?

— Arrière.

— Eh bien, tu vas te retrouver à ton poste avant même d'avoir compris ce qui t'arrive. Tu vas pouvoir jouer à tous les postes que tu voudras. Tu vas passer une bonne nuit, et je te retrouve demain matin. »

N'hésitant pas à plaisanter avec l'éminent chirurgien, son père lui lança : « Dormez bien, vous aussi ! »

Lorsque son dîner arriva, ses parents restèrent assis à ses côtés pour bavarder avec lui, comme s'ils étaient à la maison. Ils parlaient tout bas, pour ne pas déranger l'enfant malade et ses parents, qui se taisaient à présent, la mère toujours assise à son chevet, et le père faisant les cent pas entre le pied du lit et le bout du couloir. Depuis qu'ils étaient arrivés, le petit garçon n'avait même pas bougé.

À huit heures moins cinq, une infirmière arriva pour dire que les visites étaient terminées. Les parents de l'autre garçon se remirent à parler yiddish entre eux et, après que la mère eut posé plusieurs baisers sur le front de son fils, ils quittèrent la chambre. Le père avait le visage inondé de larmes.

Puis ses parents rentrèrent chez eux à leur tour, retrouver son frère pour dîner dans la cuisine à cette heure tardive, sans lui. Sa mère l'embrassa et le serra contre elle. «Tu vas y arriver, mon fils, lui dit son père en se penchant pour l'embrasser à son tour. C'est comme quand je te donne une course à faire en autobus, ou que je te confie une tâche à la boutique. Tu ne me déçois jamais. J'ai deux fils de confiance, moi. J'éclate de fierté quand je pense à mes garçons. Chaque fois que je vous demande quelque chose, vous le faites en petits gars réfléchis, soigneux et travailleurs, parce que c'est comme ça que je vous ai élevés. Transporter des bijoux précieux entre Newark et Elizabeth, des diamants d'un quart de carat, d'un demi-carat, dans les poches, à votre âge, ça ne vous fait pas peur. À vous voir, on croirait que vous les avez trouvés dans des pochettes-surprises ; alors si tu peux faire ça, tu peux faire ce qui t'attend. C'est une tâche comme une autre, pour toi. Tu vas t'y mettre et la mener à bien, et puis demain, tout sera terminé.

Dès que tu entends le gong, tu montes sur le ring, d'accord ?

— D'accord.

— Quand je reviendrai te voir, demain, le docteur Smith t'aura remis en état de marche, et voilà tout.

— D'accord.

— Ils sont formidables, mes garçons ! »

Puis ils disparurent, et il se retrouva tout seul avec son voisin de chambre. Il tendit la main vers la table de nuit, où sa mère avait empilé ses livres, et se mit à lire *Les Robinson suisses*, puis il commença *L'Île au trésor*, et enfin *Kim*. Ensuite il glissa la main sous les couvertures pour tâter si la hernie était toujours là. La bosse avait disparu. Il savait par expérience que certains jours, elle se dégonflait temporairement, mais cette fois, il était sûr qu'elle avait disparu pour de bon, et qu'il n'avait donc plus besoin de se faire opérer. Quand l'infirmière vint prendre sa température, il ne sut pas comment lui dire que sa hernie avait disparu et qu'il fallait appeler ses parents pour qu'ils viennent le chercher. L'infirmière jeta un œil approbateur sur le titre de ses livres ; s'il voulait se lever pour aller aux toilettes, il en avait tout à fait le droit, lui dit-elle, autrement, il n'avait plus qu'à s'installer confortablement pour lire jusqu'à ce qu'elle revienne éteindre la lumière. Elle ne parla pas de l'autre garçon, qui, il en était sûr, allait mourir.

Au début, il eut du mal à s'endormir, parce qu'il attendait que le garçon meure, et ensuite parce qu'il ne pouvait pas s'empêcher de penser au cadavre rejeté par la mer, l'été précédent. C'était le corps d'un marin dont le pétrolier avait été torpillé par un sous-marin allemand. Une patrouille terrestre de gardes-côtes avait découvert le cadavre au milieu d'une nappe de pétrole, parmi des débris de caisses, sur le bord de la plage, à deux pas de la maison où ils louaient une chambre meublée pour un mois, tous les étés. La plupart du temps, les fonds étaient clairs, et il ne craignait pas de sentir un noyé contre ses jambes nues quand il descendait dans l'eau en pente douce. Mais quand le pétrole des tankers coulés venait faire des galettes sur la plage, et lui coller à la plante des pieds, il était terrorisé à l'idée de trébucher sur un cadavre. Ou sur un saboteur, écumant la grève au service de Hitler. Armés de fusils ou de mitraillettes, souvent accompagnés de chiens policiers, les gardes-côtes patrouillaient nuit et jour pour empêcher les saboteurs de débarquer sur ces kilomètres de plages abandonnées. Certains arrivaient tout de même à se faufiler entre les patrouilles, si bien que, en cheville avec les sympathisants nazis sur place, ils renseignaient les sous-marins qui hantaient les couloirs maritimes de la côte Est et coulaient les navires croisant au large du New Jersey depuis le début de la guerre. La guerre était plus proche que la plupart des gens ne l'imaginaient, la guerre et ses horreurs. Son père avait lu que les eaux du New Jersey constituaient le plus grand cimetière de navires de tous les États-Unis, et à présent, dans son lit d'hôpital, il n'arrivait pas à chasser de son esprit le mot « cimetière », ni de sa mémoire le cadavre bouffi que les gardes-côtes avaient tiré des quelques centimètres d'eau où il gisait, tandis que son frère et lui contemplaient la scène depuis la promenade.

Quelque temps après s'être endormi, il fut réveillé par des bruits dans la chambre : on avait tiré le rideau qui le séparait du lit de son voisin, les médecins et les infirmières étaient en train de s'affairer derrière cet écran ; il voyait leurs silhouettes bouger, il les entendait chuchoter. Une infirmière sortit de derrière le rideau, et, s'apercevant qu'il était réveillé, lui dit avec douceur : « Rendors-toi, tu as une longue journée qui t'attend, demain. — Qu'est-ce qui se passe ? demanda-t-il. — Rien, on lui refait ses pansements. Ferme les yeux, rendors-toi. »

Le lendemain, on le réveilla de bonne heure pour l'opération, et il trouva sa mère souriante à son chevet.

« Bonjour, mon chéri ! Comment va mon petit courageux ? »

Jetant un coup d'œil sur le lit d'à côté, il vit qu'on en avait retiré toute la literie. Ce matelas nu, ces oreillers dépouillés de leur taie, empilés au milieu du lit vide, se passaient de commentaire.

« Il est mort, le garçon », dit-il. Il était déjà assez mémorable de se trouver à l'hôpital si jeune, mais voilà qu'il venait d'assister à une nouvelle mort. D'abord le noyé au corps bouffi, et maintenant cet enfant. Pendant la nuit, quand il s'était réveillé pour voir les formes s'agiter derrière le rideau, il n'avait pas pu s'empêcher de penser : les médecins sont en train de le tuer.

« Je crois qu'on l'a changé de chambre, mon poussin. Il a fallu l'installer à un autre étage. »

Au même instant, deux brancardiers entrèrent pour le transporter en salle d'opération. Quand l'un d'entre eux lui dit d'aller faire pipi, son premier geste, après avoir fermé la porte, fut de regarder si la hernie avait bien disparu. Mais la bosse était revenue. Plus moyen d'éviter l'opération.

Sa mère n'eut pas le droit d'accompagner le chariot au-delà de l'ascenseur qui le descendait au bloc. Les deux brancardiers l'y poussèrent pour déboucher ensuite sur un couloir d'une laideur abominable qui menait à la salle d'opération, où, sous sa blouse chirurgicale et son masque, il ne put reconnaître le docteur Smith — comment savoir si c'était lui, d'ailleurs ? Ça aurait tout à fait pu être quelqu'un d'autre, quelqu'un qui n'aurait pas grandi dans une famille de pauvres immigrants nommés Smulowitz, quelqu'un dont son père ne savait rien, quelqu'un dont personne ne savait rien, qui serait entré par hasard dans ce bloc opératoire, et se serait emparé d'un bistouri. Dans l'instant terrible où on lui plaqua le masque d'éther sur le visage comme pour l'étouffer, il aurait juré que le chirurgien, Smith ou un autre, lui avait chuchoté : « Et maintenant, je vais te transformer en fille. »

Le malaise débuta quelques jours après son retour de vacances. Il venait de passer le mois le plus heureux qu'il ait connu depuis les vacances en famille, avant-guerre, sur la côte du New Jersey ; il avait loué pour le mois d'août une petite maison branlante et sommairement meublée, située sur un chemin de campagne dans Martha's Vineyard, avec une femme dont il était l'amant depuis deux ans. Jusque-là, ils n'avaient jamais risqué le partage du quotidien, mais l'expérience s'était révélée joyeusement concluante, ils avaient passé un mois fabuleux à se baigner, à marcher, et à faire l'amour en toute liberté à toute heure du jour. Ils traversaient la baie à la nage pour gagner une chaîne de dunes à l'abri des regards, et ils baisaient sous le soleil, puis se tiraient de leur torpeur, enfilaient leurs maillots et retraversaient la baie pour ramasser sur les rochers des grappes de moules qu'ils rapportaient dans un petit seau plein d'eau de mer et mangeaient le soir même.

Les seuls moments difficiles survenaient la nuit, quand ils se promenaient ensemble sur la plage. Les rouleaux noirs qui pilonnaient la grève, le ciel ruisselant d'étoiles plongeaient Phoebe dans l'extase, mais à lui, ils lui faisaient peur. Cette profusion d'étoiles lui annonçait sans équivoque l'issue fatale, et cette mer qui tonnait à quelques mètres d'eux — avec, sous le charivari des eaux, le cauchemar du noir le plus noir — lui donnait envie de fuir la menace d'anéantissement dans leur maison douillette, bien éclairée, avec son mobilier sommaire. Ce n'était pas l'effet que lui avaient fait jadis l'immensité de la mer et le grand ciel nocturne : quand il était dans la marine, faisant son devoir d'homme et de patriote, juste après la guerre de Corée, il n'y avait jamais entendu un glas. Il n'arrivait pas à comprendre d'où lui venait sa peur, et il n'avait pas trop de toute sa force pour la cacher à Phoebe. Pourquoi craindre pour sa vie alors qu'il ne l'avait jamais si bien maîtrisée depuis des années ? Pourquoi s'imaginer au bord du néant quand, à tête reposée, sa raison lui disait qu'il lui restait tant de réserves de vie pleine et entière ? C'était pourtant ce qui se passait tous les soirs, quand ils longeaient le rivage, sous les étoiles. Il n'avait rien d'un flambeur, d'un déviant, il n'avait pas commis d'excès, alors pourquoi cette hantise de la mort, à son âge ? Il était raisonnable, gentil, aimable, mesuré, industrieux, cela tout le monde le lui accordait sans doute volontiers, sauf sa femme et ses deux fils, bien sûr, dont il avait abandonné le foyer, et qui, c'était compréhensible, ne pouvaient guère juger raisonnable et gentil qu'il ait fini par renoncer à un mariage raté pour chercher ailleurs l'intimité avec une femme dont il rêvait.

La plupart des gens l'auraient sans doute jugé conformiste, se disait-il. Jeune homme, il se trouvait lui-même conformiste ; si conventionnel, si peu aventureux, qu'après les Beaux-Arts il n'avait pas osé se lancer dans la peinture en vivant au jour le jour de petits boulots, ce qui était son ambition secrète ; pour satisfaire les attentes de ses parents plus que les siennes propres, en bon fils qu'il était, il s'était marié, avait eu des enfants, et était entré dans la publicité pour avoir des revenus stables. Il ne s'était jamais considéré que comme un homme ordinaire, qui aurait donné n'importe quoi pour que son couple tienne toute une vie. C'était d'ailleurs dans cet espoir qu'il s'était marié. Seulement, le mariage était devenu une prison, de sorte qu'après s'être beaucoup torturé l'esprit pendant ses heures de travail et ses heures d'insomnie, il avait commencé, par à-coups et dans la douleur, à creuser le tunnel de la liberté. N'était-ce pas ce qu'aurait fait tout individu ordinaire ? N'est-ce pas ce que font tous les jours les hommes ordinaires ? Contrairement à ce que sa femme racontait à qui voulait l'entendre, il n'était pas mû par l'appétit libertin d'assouvir tous ses caprices, loin de là. Il désirait profondément une relation stable, tout en détestant celle où il était pris. Il n'était pas homme à vouloir une double vie. Il s'accommodait sans rancœur des bornes fixées par un conformisme confortable. Il voulait seulement se libérer l'esprit de toutes les pensées abominables engendrées par l'infortune d'une guerre conjugale qui s'éternisait. Il n'avait guère la prétention d'être exceptionnel ; il était seulement vulnérable, facile à désarçonner ; il ne savait plus où il en était. Et, comme tout homme ordinaire, fort de son bon droit à se faire pardonner les privations qu'il infligerait à ses enfants innocents en refusant de vivre la moitié du temps comme un malade mental.

Mais se trouver soudain confronté à l'idée terrifiante de sa propre fin... J'ai trente-quatre ans... Tu pourras toujours t'inquiéter de l'anéantissement quand tu en auras soixante-quinze ! Le terme de l'échéance te laisse tout loisir de t'angoisser quant à la catastrophe ultime !

Mais Phoebe et lui n'étaient pas plus tôt rentrés à Manhattan — où ils habitaient à trente rues de distance l'un de l'autre — qu'il tomba mystérieusement malade. Il perdait l'appétit, son énergie l'abandonnait, il avait envie de vomir à longueur de journée, et il était incapable de faire cent mètres sans avoir le tournis et la tremblote.

Son médecin ne trouva rien. Quant à son analyste, qu'il avait commencé à consulter après le séisme du divorce, il mit ses troubles sur le compte de l'envie, lui expliquant qu'il était jaloux d'un autre directeur artistique fraîchement promu vice-président de l'agence.

« Vous en faites une maladie », décréta l'analyste.

Il eut beau faire valoir que le promu avait douze ans de plus que lui, que c'était un collègue généreux à qui il ne voulait que du bien, l'analyste continua de lui seriner que cette « envie profonde » était la cause secrète de son malaise ; lorsque les circonstances prouvèrent qu'il s'était trompé, il n'en conçut apparemment aucun embarras.

Au cours des semaines suivantes, il se rendit à plusieurs reprises chez son généraliste, qu'il ne voyait d'ordinaire qu'une fois tous les deux ans, pour un bobo. Mais il avait perdu du poids, et les nausées s'aggravaient. Il ne s'était encore jamais senti aussi misérable, pas même lorsqu'il avait quitté Cecilia et les deux petits, avec la bataille juridique qui s'était ensuivie sur les termes de la séparation. Au procès, l'avocat de Cecilia lui avait fait une réputation d'« homme à femmes », à cause de sa liaison avec Phoebe, conceptrice-rédactrice récemment embauchée par son agence. Et la plaignante à la barre des témoins — pauvre épouse épuisée, à bout de nerfs, on aurait dit qu'elle avait pour partie adverse le marquis de Sade en personne — avait déclaré qu'elle portait le numéro trente-sept dans son défilé de maîtresses, ce qui était tout de même prématuré, puisqu'elle n'était que la deuxième. À l'époque, du moins, la cause de ses misères était facile à identifier. Tandis que dans le cas présent, lui qui jouissait d'une santé florissante hier, dépérissait aujourd'hui.

Un mois s'écoula. Il n'arrivait plus à se concentrer sur son travail ; il avait cessé d'aller à la piscine le matin, et la simple vue de la nourriture le dégoûtait. Un vendredi après-midi, il quitta son bureau avant l'heure et se rendit chez le médecin en taxi, sans avoir pris rendez-vous ni même téléphoné pour s'annoncer. La seule personne à qui il ait téléphoné, c'était Phoebe, pour la mettre au courant.

« Faites-moi hospitaliser, dit-il au médecin, je crois que je vais mourir. »

Le médecin prit les dispositions nécessaires, et Phoebe se trouvait déjà à l'accueil de l'hôpital quand il arriva. À cinq heures, il était installé dans une chambre et, peu avant sept heures, il vit entrer un grand bel homme bronzé d'une quarantaine d'années, en smoking, qui se présenta comme le chirurgien appelé par son généraliste pour l'examiner. Il allait à une soirée mondaine, mais il avait tenu à l'ausculter rapidement avant de partir. Et là, il appuya très fort sur le côté droit de son bas-ventre. Contrairement au médecin traitant, il appuya longuement, et la douleur fut insupportable. Il faillit vomir. «Vous avez déjà eu mal au ventre ? lui demanda le chirurgien. — Non, répondit-il. — Eh bien, c'est l'appendice, il faut vous opérer. — Quand ? — Tout de suite. »

Il retrouva le chirurgien au bloc opératoire. Il avait troqué sa tenue de soirée contre une blouse blanche. « Grâce à vous, je vais échapper à un banquet ennuyeux comme la pluie », dit-il.

Il ne se réveilla que le lendemain matin. Au pied de son lit, il vit Phoebe, mais aussi son père et sa mère, l'air sinistre. Phoebe, qu'ils ne connaissaient pas (sinon par les descriptions de Cecilia, ou ses tirades téléphoniques, qui se terminaient par : « Je lui souhaite bien du plaisir, à la Blanche Hermine qui va me succéder, oui, je ne voudrais pas être à sa place, à cette petite salope de quaker »), les avait prévenus par téléphone, et ils étaient venus aussitôt du New Jersey. Pour autant qu'il pouvait en juger, un infirmier s'escrimait à lui introduire une sorte de tube dans le nez, à moins qu'il n'ait voulu le lui retirer. Il prononça ses premiers mots : « Déconnez pas surtout ! », avant de sombrer de nouveau dans l'inconscience.

Quand il revint à lui, son père et sa mère étaient toujours là, visiblement angoissés, accablés de fatigue.

À son chevet, Phoebe lui tenait la main. C'était une jolie jeune femme pâle, dont la douceur cachait le calme et la constance. Elle ne manifestait aucune appréhension, et sa voix n'en trahissait pas davantage.

Phoebe en savait long sur la souffrance physique, à cause des maux de tête aigus qu'elle avait traités par le mépris quand elle avait vingt ans, mais qui s'étaient révélés être des migraines quand elle avait atteint la trentaine et que leur fréquence et leur régularité s'étaient accrues. Elle avait la chance de pouvoir dormir quand il lui en venait une, mais dès l'instant qu'elle ouvrait les yeux, qu'elle reprenait conscience, elle retrouvait l'inimaginable douleur, sur le côté de sa tête, étau qui lui broyait le visage et la mâchoire, avec au fond de son orbite la sensation qu'un pied lui écrasait l'œil. Les migraines commençaient par des spirales de lumière, des taches lumineuses qui dansaient devant ses yeux même quand elle les fermait, puis provoquaient pertes d'équilibre, vertiges, douleurs, nausées et vomissements. « Ça ne s'apparente à aucune expérience terrestre, lui dit-elle après coup. Mon corps n'existe plus que par

40

cette pression dans ma tête. » Il ne pouvait pas grand-chose pour elle, sinon rapporter la grande marmite dans laquelle elle avait vomi, la rincer dans la salle de bains, revenir à pas de loup dans la chambre et la remettre à son chevet en cas de besoin. Pendant les vingt-quatre ou quarante-huit heures que durait la migraine, elle ne supportait pas la moindre présence dans la chambre obscure, ni le moindre rai de lumière entre les stores. Aucun médicament ne la soulageait ; ils restaient sans effet. Une fois la migraine installée, il n'y avait plus rien à faire.

« Qu'est-ce que j'ai eu ? lui demanda-t-il.

— Une appendicite avec perforation, lui dit-elle. Tu traînais ça depuis quelque temps.

— Et c'est grave ? demanda-t-il d'une voix faible.

— La péritonite est aiguë ; on t'a posé des drains ; on draine la plaie. On te bourre d'antibiotiques. Tu vas t'en sortir. On la retraversera à la nage, cette baie. »

Il avait du mal à le croire. En 1943, son père avait failli mourir d'une appendicite non diagnostiquée, avec péritonite aiguë. Il avait alors quarante-deux ans, deux enfants encore jeunes, et il avait dû passer trente-six jours à l'hôpital, c'est-à-dire sans travailler. Il était rentré si flageolant qu'il avait cru ne pas venir à bout des quelques marches menant à l'appartement ; et après que sa femme l'avait aidé à se traîner jusqu'à la chambre, il s'était assis au bord du lit où, pour la première fois de leur vie, ses enfants l'avaient vu s'effondrer et pleurer. Onze ans plus tôt, Sammy, le plus jeune de ses frères, le benjamin chéri et adoré des huit enfants, était mort d'une appendicite aiguë pendant sa troisième année

41

d'école d'ingénieur. Il avait dix-neuf ans, étant sorti diplômé du lycée à seize ans, avec l'ambition de devenir ingénieur aéronautique. Sur les huit frères et sœurs, trois seulement étaient allés au lycée, et Sammy était le seul à faire des études supérieures. Il fréquentait les gosses les plus doués du voisinage, tous enfants d'immigrants juifs, qui se retrouvaient régulièrement les uns chez les autres pour jouer aux échecs et se lancer dans des discussions politiques et philosophiques enflammées. Il était leur chef de file, sprinter émérite, petit génie des maths, personnalité rayonnante. C'était son nom que le père prononçait comme une oraison, à travers ses larmes, stupéfait de se retrouver dans sa chambre, dans cette famille qu'il faisait vivre.

L'oncle Sammy, son père, et à présent lui ; il était le troisième à avoir été fauché par une appendicite avec perforation et péritonite. Les deux jours suivants, où il ne reprit conscience que par intermittence, nul n'aurait pu dire s'il allait connaître le sort de Sammy ou celui de son père.

Le deuxième jour, son frère arriva de Californie par avion ; lorsqu'il ouvrit les yeux pour le trouver à son chevet, ce grand costaud si gentil, si calme, si confiant, et même jovial, il se dit : Je ne risque pas de mourir tant que Howie est ici. Howie se pencha pour mettre un baiser sur son front, il s'assit à son chevet, il lui prit la main, et aussitôt le temps s'arrêta ; le présent disparut, il était retombé en enfance, redevenu petit garçon, avec, rempart contre l'inquiétude et la peur, ce grand frère généreux qui dormait dans le lit d'à côté.

Howie resta quatre jours. En quatre jours, il faisait parfois des voyages express en avion à Manille, Singapour et Kuala Lumpur. Entré comme coursier chez Goldman Sachs, il était très vite passé de la transmission des messages à la direction du bureau de change, où il s'était mis à investir en bourse à titre personnel. Il avait fini par réaliser des arbitrages monétaires pour le compte de multinationales et de grandes sociétés étrangères — des viticulteurs français, des fabricants d'appareils photo allemands, des constructeurs automobiles japonais — dont il convertissait les francs, les marks et les yens en dollars. Il voyageait beaucoup pour rencontrer ses clients, et continuait d'investir dans les sociétés qui lui plaisaient ; à trente-deux ans, il fêtait son premier million de dollars.

Après avoir renvoyé leurs parents se reposer chez eux, Howie, avec le concours de Phoebe, l'aida à traverser la plus mauvaise passe ; il fallut que le médecin lui assure que la crise était surmontée pour qu'il envisage de rentrer. Le matin de son départ, il vint lui dire discrètement : «Tu es tombé sur une fille bien, cette fois. Ne va pas tout foutre en l'air ; accroche-toi. »

Dans sa joie d'être encore en vie, il se dit : A-t-on jamais vu un appétit de vivre aussi contagieux que celui de Howie ? Quelle chance d'avoir un frère pareil !

Il resta trente jours à l'hôpital. Les infirmières étaient agréables, dans l'ensemble ; c'étaient des jeunes femmes consciencieuses ; elles avaient l'accent irlandais, et semblaient toujours disposées à prendre une minute pour bavarder quand elles venaient lui faire ses soins. Tous les soirs, Phoebe arrivait directement du bureau pour dîner avec lui dans sa chambre ; Dieu sait comment il aurait fait pour supporter son état de dépendance, de faiblesse, pour affronter l'étrangeté de la maladie, si elle n'avait pas été là. Son frère n'avait pas besoin de lui dire de s'accrocher ; jamais il n'avait été plus décidé à s'accrocher à qui que ce fût.

Par la fenêtre, il vit les feuilles jaunir au fil d'octobre et, quand le chirurgien passa lui rendre visite, il lui dit : « Quand est-ce que je sors ? Je suis en train de rater l'automne 67, moi ! » Le chirurgien l'écouta sans s'émouvoir, et puis lui répondit avec un sourire : « Je crois que vous n'avez toujours pas compris. Vous avez failli *tout* rater. »

Vingt-deux ans s'écoulèrent, vingt-deux ans de parfaite santé, avec l'assurance sans borne qui découle d'une forme superbe, vingt-deux ans sans croiser l'adversaire qu'est la maladie, ni la catastrophe qui guette en coulisses. Comme il se l'était dit pour se rassurer quand il se promenait sous les étoiles du Vineyard, avec Phoebe, il aurait bien le temps de s'inquiéter du néant quand il aurait soixante-quinze ans.

Cela faisait bientôt un mois qu'il prenait sa voiture presque tous les soirs après le travail, pour aller voir son père mourant dans le New Jersey, lorsqu'il se retrouva brutalement essoufflé à son Cercle des Nageurs, un soir d'août 1989. Il était rentré du New Jersey à peu près une demi-heure plus tôt, et il avait décidé de se remettre d'aplomb en nageant quelques longueurs avant de rentrer chez lui. En temps ordinaire, il nageait un mile tous les matins, à la piscine de son club. Il ne buvait presque pas, n'avait jamais fumé, et il n'avait pas pris un gramme depuis 1957, quand, rentré du service militaire, il avait fait ses débuts dans la publicité. Depuis le coup dur de cette appendicite avec péritonite, il savait fort bien qu'il n'était pas plus que les autres à l'abri d'une maladie grave. Mais avec l'hygiène de vie qu'il pratiquait depuis toujours, l'idée qu'il puisse être candidat au pontage coronarien lui paraissait saugrenue. Ça n'était pas dans l'ordre des choses, voilà tout.

Seulement, il ne put achever la première longueur sans se rabattre sur le côté, et s'accrocher au rebord, à bout de souffle. Il sortit du bassin et s'assit, jambes ballantes dans l'eau, essayant de se calmer. Il voyait cet essoufflement comme une réaction à l'état de son père, qui s'était gravement détérioré au cours des derniers jours. Or, c'était le sien qui se détériorait, et lorsqu'il alla chez le médecin, le lendemain matin, son électrocardiogramme présentait des modifications radicales, indiquant une grave occlusion des grandes coronaires. Avant la fin de la journée, il était au lit dans le service de cardiologie d'un hôpital de Manhattan, après une échocardiographie qui prouvait la nécessité d'une opération. On lui avait mis des pointes à oxygène dans le nez, et il était relié par plusieurs fils à un moniteur cardiaque situé derrière son lit. Restait à savoir si on l'opérait tout de suite ou si on attendait le lendemain matin. Comme il était déjà presque vingt heures, on décida d'attendre. Pendant la nuit, pourtant, il se réveilla entouré de médecins et d'infirmières, tout comme le petit garçon dans sa chambre, quand il avait neuf ans. Depuis, il avait vécu, alors que l'autre était mort — et maintenant, c'était lui, le petit garçon.

Il vit qu'on lui faisait une perfusion, et il comprit vaguement que le personnel soignant cherchait à prévenir la crise. Il ne comprenait pas ce qu'ils marmonnaient entre eux, et il dut s'endormir car, lorsqu'il reprit conscience, le lendemain matin, son chariot roulait vers le bloc opératoire.

Son épouse de l'époque, sa troisième et dernière épouse, n'avait rien de commun avec Phoebe, et dans cette urgence c'était même une présence à hauts risques. Pour tout soutien, le matin de l'opération, elle suivit le chariot en sanglotant et en se tordant les mains, et finit par lâcher : « Qu'est-ce que je vais devenir ? »

Elle était jeune, la vie ne l'avait pas éprouvée ; elle s'était peut-être mal exprimée, mais il comprit qu'elle se demandait ce qu'elle allait devenir s'il restait sur le billard. « Chaque chose en son temps, s'il te plaît. Laisse-moi d'abord mourir, si tu veux que je t'aide à supporter ton chagrin. »

L'opération dura sept heures, pendant lesquelles il fut relié presque en permanence à un système d'assistance cardiaque et respiratoire qui lui pompait le sang et respirait à sa place. Les médecins lui firent cinq pontages, et il sortit du bloc avec une cicatrice qui lui fendait la poitrine en deux, et une autre allant de l'aine à la cheville — c'était à la jambe droite qu'on avait prélevé la veine qui avait servi à quatre des cinq greffes.

Quand il reprit connaissance en salle de réveil, un tube logé au fond de sa gorge le suffoquait. C'était une sensation affreuse, mais il n'avait aucun moyen de le dire à l'infirmière qui lui expliquait où il était et ce qui venait de lui arriver. Il reperdit conscience, et quand il revint à lui, le tube l'étouffait toujours, mais l'infirmière lui indiquait qu'on allait le lui enlever dès qu'il serait en mesure de respirer tout seul. Penché sur lui, il vit ensuite le visage de sa jeune épouse, lui souhaitant un bon retour dans le monde des vivants, où il pourrait recommencer à veiller sur elle.

En entrant à l'hôpital, il l'avait chargée d'une seule chose : mettre au garage voisin la voiture qu'il avait laissée dans la rue ; et même pour ça elle était trop tourneboulée, la suite l'avait prouvé ; elle avait dû demander à l'un de ses amis de le faire à sa place. Il ne s'était jamais rendu compte que la clairvoyance de son cardiologue débordait la sphère médicale, jusqu'au moment où il était venu lui rendre visite, vers le milieu de son séjour à l'hôpital, pour lui dire qu'il ne le laisserait pas sortir si ses soins à domicile devaient être assurés par sa femme. « Ça m'ennuie de vous dire ce genre de choses, et d'ailleurs votre vie conjugale ne me regarde pas, mais j'ai observé cette femme lorsqu'elle vient vous voir : c'est une absence, pas une présence ; or moi, je suis bien obligé de protéger mon malade. »

Entre-temps, Howie était rentré d'Europe, où il s'était rendu pour affaires, et aussi pour jouer au polo. Il skiait, à présent, il faisait du tir aux pigeons, et il jouait au water-polo, et au polo tout court ; il était devenu virtuose de ces sports dans le grand monde, longtemps après avoir quitté son lycée de la toute petite bourgeoisie à Elizabeth, où, avec les petits Italiens et les Irlandais catholiques dont les parents travaillaient sur les docks, il jouait au football américain pendant le semestre d'automne, et sautait à la perche au printemps, sans oublier d'engranger des notes assez solides pour lui valoir une bourse à l'Université de Pennsylvanie, puis à la Wharton School, où il avait passé son MBA. Alors même que son père était en train de mourir dans le New Jersey, et que son frère se remettait d'une opération à cœur ouvert dans un hôpital de New York, ce qui l'obligeait à passer d'un chevet à l'autre toute la semaine, la vigueur de Howie ne s'était jamais démentie, pas plus que ses capacités à remonter le moral d'un malade. Cet appui qu'une épouse de trente ans, en pleine santé, était incapable de donner à son mari quinquagénaire et convalescent, était largement compensé par le soutien jovial que lui apportait Howie. Ce fut lui qui suggéra de prendre deux infirmières libérales, une de jour, Maureen Mrazek, et une de nuit, Olive Parrot, pour remédier aux carences de celle qu'il surnommait « la cover-girl plus calamiteuse que le *Titanic* ». Même, ignorant les objections de son frère, il avait tenu à prendre en charge les frais. « Tu as été très gravement malade, tu as vécu l'enfer, dit-il, et tant que je serai là, rien ni personne ne t'empêchera de guérir. Considère ça comme un simple cadeau, pour que tu reprennes bien vite du poil de la bête. » Ils se tenaient serrés l'un contre l'autre au seuil de la chambre, Howie avait passé son bras puissant autour de son frère. Il avait beau se vouloir ennemi des effusions, son visage, qui était la réplique même de celui de son frère, trahit son émotion lorsqu'il ajouta : « Perdre papa et maman, il faut bien que je l'accepte ; te perdre toi, il n'en est pas question. » Sur quoi il descendit prendre la limousine qui l'attendait pour le conduire à l'hôpital du New Jersey.

Olive Parrot, l'infirmière de nuit, était une grande Noire qui lui rappelait Eleanor Roosevelt par sa physionomie, son allure et son volume. Son père possédait une plantation d'avocats à la Jamaïque, et sa mère tenait un cahier où tous les matins elle consignait les rêves de ses enfants. Les nuits où il se sentait trop mal pour dormir, Olive venait s'installer à son chevet, et elle lui racontait d'innocents souvenirs de son enfance à la plantation. Elle avait l'accent créole, une voix mélodieuse, et elle l'apaisait par ses paroles comme aucune femme depuis sa mère, lors de l'opération de sa hernie. Sinon pour lui poser une question de temps en temps, il se taisait, s'estimant éperdument heureux d'être en vie. Il s'en était fallu de peu, d'ailleurs : quand on l'avait hospitalisé, ses coronaires étaient obstruées à quatre-vingt-dix, quatre-vingt-quinze pour cent, au risque d'une crise cardiaque monumentale, fatale sans doute.

Maureen était une rousse plantureuse et souriante, qui avait grandi, presque en gamine des rues, dans une famille slavo-irlandaise du Bronx ; elle avait son franc-parler, l'aplomb d'une prolétaire coriace. La voir arriver le matin suffisait à lui remonter le moral, malgré le choc opératoire qui l'avait mis sur le flanc au point que se raser (assis, même pas debout) l'épuisait, et qu'il avait dû faire une longue sieste pour récupérer de sa première sortie dans le couloir, où elle ne l'avait pas quitté. C'était Maureen qui appelait de sa part le médecin de son père ;

elle le tint au courant de l'état du mourant jusqu'à ce qu'il ait la force de parler lui-même au praticien.

Howie avait décidé de façon péremptoire que, lorsque son frère quitterait l'hôpital, Maureen et Olive s'occuperaient de lui, à ses frais, du moins les deux premières semaines de convalescence. Sa femme n'avait pas été consultée ; ces dispositions la vexaient, qui sous-entendaient qu'elle était incapable de le prendre en charge. Elle en voulait plus particulièrement à Maureen qui, de son côté, ne cachait pas son mépris pour la femme de son malade.

Une fois rentré, il lui fallut trois semaines pour se sentir un peu moins épuisé, et envisager de retourner travailler. Sitôt après dîner, il était obligé de se remettre au lit pour la soirée, tant l'effort de s'asseoir pour manger lui coûtait ; le matin, il devait prendre un tabouret en plastique pour se doucher assis. Il commença à faire un peu de gymnastique douce avec Maureen et, jour après jour, il s'efforçait de parcourir dix mètres de plus lors de la promenade qu'elle l'emmenait faire l'après-midi. Elle avait un petit ami cameraman de télévision, dont elle parlait volontiers, et elle espérait se marier avec lui dès qu'il aurait trouvé un emploi stable. Quand elle avait fini sa journée, elle aimait bien aller boire un coup avec les habitués d'un bar, au coin de la rue où elle habitait, à Yorkville. Le temps était radieux et, quand ils sortaient, il avait tout loisir d'admirer son allure, dans ses polos moulants, ses jupes courtes et ses sandales. Les hommes la lorgnaient en permanence, et elle ne répugnait pas à leur faire baisser les yeux d'un air faussement farouche, s'ils la reluquaient avec trop d'ostentation. L'avoir à ses côtés lui rendait sa force au fil des jours, et il rentrait de ses promenades enchanté de tout, sauf de sa femme, bien sûr, qui, jalouse, claquait les portes et quittait la maison en trombe, sitôt qu'ils y mettaient les pieds.

Il n'était pas le premier malade à tomber amoureux de son infirmière, il n'était même pas le premier malade à tomber amoureux de Maureen. Elle avait eu plusieurs liaisons en quelques années, y compris avec des hommes plus atteints que lui qui, eux aussi, avaient recouvré la santé grâce à sa vitalité. Elle avait le don de rendre espoir aux malades, un tel espoir qu'au lieu de fermer les yeux pour se couper du monde, ils les ouvraient tout grand pour ne rien perdre de sa présence vibrante — et retrouvaient leur jeunesse.

Maureen l'accompagna dans le New Jersey à la mort de son père. Il ne lui était pas encore permis de prendre le volant, si bien qu'elle proposa ses services, et aida Howie à régler les obsèques avec le funérarium Kreitzer de Union. Les dix dernières années de sa vie, son père était devenu pratiquant ; après sa retraite, et son veuvage, il s'était mis à aller à la synagogue au moins une fois par jour. Longtemps avant la maladie qui l'avait emporté, il avait demandé au rabbin de dire l'office des morts entièrement en hébreu, comme si l'hébreu était la réponse la plus énergique qu'on puisse faire à la mort. Pour son fils cadet, cependant, cette langue ne voulait rien dire. Tout comme Howie, il avait cessé de prendre le judaïsme au sérieux dès l'âge de treize ans, un dimanche, le lendemain même de sa bar-mitzvah, et depuis ce jour il n'avait jamais remis les pieds dans une synagogue. Sur le formulaire qu'il avait dû remplir en entrant à l'hôpital, il avait laissé en blanc la rubrique religion, de peur que, s'il inscrivait « juive », un rabbin ne vienne le visiter dans sa chambre pour lui tenir les propos que tiennent les rabbins. La religion était une imposture qu'il avait démasquée très tôt dans sa vie ; elles lui déplaisaient toutes ; il jugeait leur folklore superstitieux, absurde, infantile ; il avait horreur de l'immaturité crasse qui les caractérisait, avec leur vocabulaire infantilisant, leur suffisance morale, et leurs ouailles, ces croyants avides. Ce n'était pas lui qui serait dupe de ces balivernes sur la mort et sur Dieu, ou de ces fantasmes de paradis d'un autre âge. Il n'y avait que le corps, né pour vivre et mourir selon des termes décidés par les corps nés et morts avant nous. Son créneau philosophique à lui, si tant est qu'il en eût un, il l'avait découvert de bonne heure, intuitivement, et, dans son minimalisme, il était indépassable ; s'il écrivait un jour son autobiographie, il l'intitulerait *Vie et Mort d'un corps d'homme*. Mais comme à sa retraite il s'était essayé à la peinture, et non à l'écriture, il avait donné ce titre à l'une de ses séries d'abstractions.

Mais il n'eut que faire de ses croyances ni de ses incroyances, le jour où son père fut enterré aux côtés de sa mère, dans le cimetière délabré, à la sortie de l'autoroute du New Jersey.

Le portail que franchit la famille pour entrer dans le périmètre original de ce cimetière du dix-neuvième siècle était surmonté d'une arcade où se déployait le nom de la fondation inscrit en hébreu, avec une étoile à six branches gravée à chaque extrémité. La pierre des deux piliers du portail avait subi les outrages du temps et des vandales, elle se fissurait dangereusement, s'effritait ; quant au portail de guingois, avec sa serrure rouillée, on n'avait pas eu besoin de le pousser pour entrer : à demi dégondé, il s'enfonçait de plusieurs centimètres dans le sol. L'obélisque de pierre devant lequel ils passèrent, et qui portait gravés des passages des Écritures en hébreu et le nom de la famille enterrée sous sa plinthe, n'avait pas mieux traversé les décennies. Ouvrant les rangs serrés des stèles, se dressait le seul mausolée de brique de la partie ancienne ; pour les protéger de nouvelles déprédations, on en avait scellé par des blocs de béton la porte d'acier filigrané et les deux fenêtres d'origine — sans doute agrémentées de vitraux à l'époque où l'on y avait inhumé ses occupants — de sorte que cet édicule carré ressemblait plutôt à une cabane à outils ou à des cabinets d'aisance désaffectés qu'à la dernière demeure digne du renom, de la fortune ou de la position de ceux qui l'avaient construit pour leurs parents défunts. Lentement ils passèrent devant ces stèles, où on lisait surtout des inscriptions en hébreu, mais aussi parfois en yiddish, en russe, en allemand, voire en hongrois. La plupart portaient l'étoile de David, mais il y en avait de plus décorées, où l'on pouvait voir deux mains faisant un geste de bénédiction, une aiguière, un chandelier à cinq branches. Sur les tombes des enfants et des bébés — et elles n'étaient pas rares, quoique moins nombreuses que celles des femmes de vingt ans, mortes en couches sans doute —, ils trouvèrent des sculptures représentant un agneau, ou un tronc d'arbre à demi décapité ; et tandis qu'ils avançaient en file indienne sur l'allée étroite, tortueuse et mal nivelée, pour se rendre dans la partie nord, plus moderne avec ses allures de parc, où l'inhumation devait avoir lieu, là, dans ce petit cimetière juif sis au milieu d'un champ à la limite de Newark et d'Elizabeth, cimetière qu'on devait entre autres au zèle communautaire du père de feu le propriétaire de la bijouterie la plus populaire d'Elizabeth, il leur fut possible de dénombrer les victimes de la grippe espagnole qui avait emporté dix millions de personnes en 1918.

Mille neuf cent dix-huit, année terrible parmi toutes ces années d'hécatombes qui noirciront à jamais la mémoire du vingtième siècle.

Il se tenait au bord de la tombe, parmi une bonne vingtaine de parents, sa fille à sa droite, agrippée à sa main, ses deux fils derrière lui, et sa femme à côté de sa fille. Le seul fait de se trouver là, à accuser le coup qu'est la mort d'un père, mettait sa condition physique à plus rude épreuve que prévu : fort heureusement, à sa gauche, Howie l'entourait solidement de son bras pour prévenir tout accident fâcheux.

Ce que représentaient son père et sa mère coulait de source pour lui. C'étaient un père, et une mère. Ils ne nourrissaient guère d'autres désirs. Mais, désormais, l'espace qu'occupaient leurs corps était vide. La matérialité qui était la leur, de leur vivant, avait disparu. Le cercueil de son père, simple caisse en sapin, fut descendu par des courroies dans la fosse creusée pour lui aux côtés du cercueil de sa femme. Le mort allait y passer encore plus d'heures que derrière son comptoir, ce qui n'était pas peu dire. Il avait ouvert la boutique en

1933, à la naissance de son cadet, et il l'avait liquidée en 1974, après avoir vendu des bagues de fiançailles et des alliances à trois générations de citadins. Comment il avait fait pour grappiller le capital nécessaire en 1933, comment il avait fait, d'ailleurs, pour trouver des clients, la chose demeura pour ses fils un mystère épais. C'était cependant bien pour eux qu'il avait quitté son emploi à l'horlogerie Abelson, sur Springfield Avenue, à Irvington — où il travaillait de neuf heures du matin à neuf heures du soir les lundis, mercredis, vendredis et samedis, et de neuf heures du matin à cinq heures du soir les mardis et les jeudis — pour se mettre à son compte dans une boutique de cinq mètres de large, dont la devanture annonçait depuis le premier jour « Diamants, Bijoux, Montres » et au-dessous, en lettres plus petites, « Montres et réveils de qualité, réparation de bijoux soignée ». À l'âge de trente-deux ans, il s'était décidé à travailler soixante, soixante-dix heures par semaine pour le compte de sa femme et de ses enfants plutôt que pour celui de Moe Abelson. Pour attirer la vaste population ouvrière de la ville, et pour éviter que son nom juif ne braque ou n'effarouche les dizaines de milliers de chrétiens pratiquants de ce port, il faisait généreusement crédit, à la seule condition que le client paie comptant trente ou quarante pour cent du prix. Il ne vérifiait jamais où ils en étaient de leurs remboursements ; tant qu'il finissait par rentrer dans ses frais, ils pouvaient revenir lui dire qu'ils ne paieraient que quelques dollars par semaine, voire rien du tout, il s'en fichait. Le crédit ne le ruina pas, largement compensé par la sympathie que lui valut sa souplesse. Pour attirer le chaland, il décorait la boutique de quelques pièces plaquées argent — services à thé, plateaux, chauffe-plats, chandeliers — qu'il vendait une misère, et quand arrivaient les fêtes, il mettait toujours un père Noël sur paysage de neige dans la vitrine. Mais son coup de génie, c'était de ne pas avoir donné son nom à la boutique, qu'il appelait Bijouterie Pour Tous, nom sous lequel elle était connue dans tout le comté, par des foules de gens ordinaires, ses fidèles clients, jusqu'au jour où il vendit son fonds à un grossiste et prit sa retraite, à l'âge de soixante-treize ans. « C'est toute une affaire, pour l'ouvrier, d'acheter un diamant, si minuscule soit-il, expliquait-il à ses fils. Sa femme peut le porter pour la beauté de la pierre, et elle peut le porter pour le standing, et quand elle le porte, le gars n'est plus un simple plombier, c'est un homme qui a une femme qui a un diamant. Sa femme possède quelque chose d'éternel. Parce qu'en plus de la beauté, du standing, et de la valeur, le diamant est éternel. C'est un éclat de planète éternel, et une simple mortelle le porte à son doigt ! »

S'il avait voulu quitter Abelson, où il aurait pu s'estimer heureux de toucher sa paie en temps de crise, au plus noir de la Dépression, s'il avait trouvé le culot de se mettre à son compte dans des circonstances aussi adverses, la raison en était simple ; quand on la lui demandait, et même d'ailleurs sans qu'on la lui demande, il expliquait : « Il fallait bien que je laisse quelque chose à mes deux garçons. »

Il y avait deux pelles fichées dans un gros tas de terre, sur le côté de la tombe. Il avait d'abord cru que les fossoyeurs les avaient laissées là pour revenir plus tard combler la fosse. Il s'était figuré que, comme pour l'enterrement de sa mère, les personnes présentes défileraient une par une pour jeter une poignée de terre sur le couvercle du cercueil, avant de reprendre leur voiture. Mais son père avait expressément demandé au rabbin un enterrement traditionnel, et les rites juifs exigeaient que ce soient les proches du mort, et non les employés du cimetière ou qui que ce soit d'autre, qui le mettent en terre. Le rabbin avait prévenu Howie, mais ce dernier, pour une raison quelconque, ne lui avait rien dit. Il le vit donc avec étonnement, dans ses vêtements élégants, chemise blanche, costume noir et cravate assortie, chaussures noires bien cirées, retirer du tas une des deux pelles pour la remplir à ras bord. Puis Howie s'approcha cérémonieusement de la tombe, demeura un instant pensif, et, inclinant légèrement l'outil vers le bas, il laissa glisser la terre, lentement. Le bruit qu'elle fit en heurtant le couvercle de bois du cercueil est un bruit qui s'enfonce en vous comme aucun autre.

Howie retourna plonger la pelle dans la pyramide de terre, haute d'un bon mètre, qui s'effondrait à mesure. Il leur faudrait combler ainsi la fosse jusqu'à ce que la tombe de son père ait rattrapé le niveau du terrain adjacent.

La besogne leur prit près d'une heure. Les parents et amis les plus âgés, incapables de manier une pelle, secondaient les jeunes gens en jetant des poignées de terre sur le cercueil, et il ne put rien faire de plus lui-même, si bien que le gros du travail revint à Howie avec ses quatre fils, ainsi qu'à ses deux garçons à lui, six gaillards robustes, entre vingt et trente ans. Ils se postaient par deux près du tas et, pelletée après pelletée, remettaient la terre dans la fosse. Au bout de quelques minutes, l'équipe suivante prenait le relais, et à un moment il eut l'impression que la tâche allait s'éterniser, qu'ils resteraient là à enterrer son père indéfiniment. Pour s'immerger dans l'immédiateté brutale de cette inhumation autant que son frère, ses fils, et ses neveux, il ne trouva rien de mieux que de se placer au bord de la tombe, et de regarder la terre envelopper le cercueil. Il la regarda atteindre le niveau du couvercle, décoré d'une simple étoile de David, et puis il la regarda recouvrir peu à peu le couvercle lui-même. Son père allait reposer là dans son cercueil, mais aussi sous le poids de cette terre, et tout à coup il vit la bouche de son père comme s'il n'y avait pas de cercueil, comme si la terre qu'on jetait dans la fosse se déposait directement sur lui, remplissait sa bouche, aveuglait ses yeux, obstruait ses narines, bouchait ses oreilles. Il aurait voulu leur dire d'arrêter, leur interdire d'aller plus loin, il ne voulait pas qu'on recouvre le visage de son père, qu'on bouche les orifices par lesquels il aspirait la vie. Je regarde ce visage depuis que je suis né — arrêtez d'enterrer le visage de mon père ! Mais ils avaient trouvé leur rythme, ces gaillards, ils n'auraient jamais pu, jamais voulu s'arrêter, quand bien même il se serait jeté dans la tombe pour exiger que cesse cet ensevelissement. Plus rien ne pouvait les retenir désormais, ils étaient sur leur lancée, et l'auraient enterré avec son père, s'il avait fallu, pour achever leur ouvrage. Howie s'était écarté, le front en sueur, et il regardait les six cousins s'acquitter de leur tâche en sportifs ; concentrés sur leur objectif, ils pelletaient la terre à une vitesse effroyable, non pas comme des proches endeuillés qui acceptent le fardeau d'un rituel archaïque, mais comme des ouvriers d'un autre âge qui bourrent une chaudière.

Les aînés étaient nombreux à pleurer, à présent, cramponnés les uns aux autres. La pyramide de terre avait disparu. Le rabbin s'avança et, après avoir soigneusement nivelé le sol à mains nues, il prit un bâton pour délimiter le périmètre de la tombe.

Il avait regardé son père disparaître du monde, centimètre par centimètre. Il avait été forcé de regarder cette disparition jusqu'au bout. C'était comme une seconde mort, tout aussi affreuse que la première. Soudain lui revint une bouffée d'émotion qui lui fit traverser des strates de vie successives pour remonter au moment où, à la maternité, son père avait mesuré pour la première fois tout le poids d'existence de ses petits-enfants, Randy d'abord, puis Lonny et enfin Nancy, avec la même expression de ravissement stupéfait.

« Ça va ? » lui demanda Nancy, en l'entourant de ses bras, tandis qu'il regardait le tracé du bâton dans le sol, comme pour une partie de marelle. Il la serra contre lui, et répondit : « Oui, ça va. » Puis il soupira, et réussit même à rire en ajoutant : « Maintenant, je sais ce qu'enterrer veut dire, je ne le savais pas jusqu'à aujourd'hui. — Je n'ai jamais rien vu d'aussi glaçant de toute ma vie, dit Nancy. — Moi non plus, répondit-il. Il est temps d'y aller. » Il ouvrit la marche avec Nancy et Howie, et le cortège funèbre se dispersa, mais il ne fut pas question d'évacuer les images et les idées surgies ;

l'aile de sa mémoire revenait tournoyer au-dessus, quand bien même ses pas s'éloignaient.

Le vent s'était levé pendant qu'ils comblaient la fosse, et il garda le goût de la terre dans la bouche longtemps après qu'ils eurent quitté le cimetière pour rentrer à New York.

Au cours des neuf ans qui suivirent, sa santé demeura stable. Deux fois il fut acculé par une crise mais, contrairement à son petit voisin de chambre, il en réchappa. Et puis, en 1998, sa tension grimpa et ne réagit pas au traitement, si bien que les médecins diagnostiquèrent une obstruction de l'artère rénale n'ayant heureusement causé jusque-là qu'une perte mineure des fonctions du rein, et l'hospitalisèrent pour une angioplastie. Pourtant, la chance le favorisa une fois de plus, et le problème fut résolu par l'insertion d'un stent, acheminé par un cathéter en incisant l'artère fémorale et l'aorte pour remonter jusqu'à l'occlusion.

Il avait soixante-cinq ans, il venait de prendre sa retraite, et il était divorcé pour la troisième fois. Il était pris en charge par la Sécurité sociale, touchait sa pension, et demanda un rendez-vous à son notaire pour rédiger son testament. Faire son testament, c'était peut-être la meilleure contrepartie de la vieillesse, voire de la mortalité ; le faire, et puis, au fil du temps, le mettre à jour, le réviser, le modifier après mûre réflexion. Quelques années plus tard, il tint la promesse qu'il s'était faite au lendemain du 11-Septembre, et quitta Manhattan pour une communauté de retraités, Starfish Beach, à trois kilomètres de la station balnéaire où il avait passé des séjours d'été en famille, tous les ans, sur la côte du New Jersey. Les lotissements de Starfish Beach se composaient de jolis pavillons de plain-pied, coiffés de bardeaux, avec de vastes baies et des portes vitrées coulissantes donnant sur des terrasses en teck ; ils étaient réunis par huit pour former un demi-cercle autour d'un jardin paysager et d'un petit étang. Les prestations offertes aux cinq cents résidents de ces lotissements répartis sur cinquante hectares de terrain comprenaient des courts de tennis, un vaste parc avec abri de jardin, une salle de sports, un bureau de poste, une salle polyvalente avec des espaces de réunion, un studio de céramique, un atelier bois, une petite bibliothèque, une salle informatique avec trois terminaux et une imprimante commune, ainsi qu'un auditorium pour les conférences, les spectacles et les diaporamas des couples qui rentraient d'un voyage à l'étranger. Il y avait une piscine olympique découverte et chauffée en plein cœur du village, et une autre, plus petite, couverte ; il y avait un restaurant tout à fait convenable dans la modeste galerie marchande, au bout de la rue principale, ainsi qu'une librairie, un débit de boissons, une boutique de cadeaux, une banque, un bureau de courtage, un administrateur de biens, un cabinet d'avocat et une station-service. Le supermarché n'était qu'à quelques minutes en voiture et, si l'on était ingambe, comme la plupart des résidents, on pouvait parcourir sans peine les huit cents mètres de jetée qui menaient à la grande plage ouverte sur l'océan, et surveillée tout l'été par un maître nageur.

Dès qu'il s'installa au village, il convertit le séjour ensoleillé de son trois-pièces en atelier d'artiste, et désormais, après sa promenade quotidienne d'une heure — six kilomètres — le long de la jetée, il rentrait passer le reste de la journée à satisfaire l'ambition de sa vie en peignant joyeusement, sans relâche, habitude qui lui procurait toute la jubilation escomptée. Il ne regrettait rien de sa vie à New York, sinon la présence de Nancy, sa fille, qui l'avait toujours ravi, et qui, mère divorcée de jumeaux de quatre ans, n'était plus protégée comme il l'aurait souhaité. Pendant la période critique qui avait suivi son divorce, Phoebe et lui, également accablés par la situation, s'étaient rapprochés d'elle, et, chacun de son côté, ils l'avaient entourée comme jamais depuis qu'elle était partie faire ses études dans le Midwest. C'est là, d'ailleurs, qu'elle avait rencontré son poète de mari, étudiant de troisième cycle qui affichait le plus grand mépris pour la société marchande, et plus particulièrement pour la profession de son beau-père ; lorsqu'il découvrit qu'il n'était plus seulement la moitié d'un couple tranquille et réfléchi, amateur de musique de chambre et grand lecteur, mais le père de jumeaux, il trouva le tohu-bohu de la vie de famille insupportable — surtout pour lui qui avait besoin d'ordre et de silence pour écrire son premier roman — et accusa Nancy d'avoir provoqué ce cataclysme à force de se plaindre qu'il réfrénait son désir de maternité. Après le travail et pendant les week-ends, il s'absenta de plus en plus fréquemment du capharnaüm causé dans leur appartement exigu par les deux minuscules créatures braillardes qu'il avait engendrées dans un instant d'égarement ; lorsqu'il finit par plaquer son emploi dans l'édition et son rôle de père, il lui fallut rentrer illico dans le Minnesota pour recouvrer la raison, reprendre le fil de ses idées, et fuir au mieux ses responsabilités.

Si elle avait écouté son père, Nancy se serait installée sur la côte avec les jumeaux, elle aussi. Elle aurait continué à travailler en ville en prenant le train de banlieue, elle aurait confié les petits à des nounous et des baby-sitters qui lui auraient coûté deux fois moins cher qu'à New York, et il se serait trouvé sur place pour s'en occuper aussi, les conduire à la maternelle et les ramener, les surveiller sur la plage, etc. Père et fille auraient dîné ensemble une fois par semaine, et le week-end ils seraient allés se promener. Ils auraient tous vécu au bord de cette mer magnifique, loin de la menace d'Al Qaïda. Le lendemain de la destruction des tours jumelles, il avait dit à Nancy : « Moi j'ai le goût de vivre chevillé au corps, je me tire d'ici. » Et dix semaines plus tard tout juste, fin novembre, il était parti. Une fois sur la côte, la pensée que sa fille et ses petits-enfants puissent être victimes d'un attentat terroriste le tourmenta les premiers mois. Mais, ne craignant plus rien pour lui-même, il oublia cette impression de prendre des risques inutiles, impression taraudante depuis que l'attentat avait hypothéqué le sentiment de sécurité général et introduit une précarité irréversible dans le quotidien. Il se contentait de faire son possible pour rester en vie. Comme toujours, et comme tout le monde ou presque, il refusait de faire cadeau d'une seule minute à la mort.

L'année qui suivit l'insertion du stent rénal, il dut se faire opérer d'une nouvelle sténose majeure, celle de l'artère carotide gauche, l'une des deux qui relient l'aorte à la base du crâne et irriguent le cerveau, de sorte que leur obstruction peut provoquer une embolie cérébrale avec paralysie, voire la mort subite. On pratiqua l'incision dans le cou, puis l'artère irriguant le cerveau fut ligaturée pour stopper le sang. Ensuite, on l'incisa dans le sens de la longueur, pour gratter et retirer la plaque d'athérome. Il aurait préféré ne pas devoir faire face tout seul à cette opération délicate mais, entre son travail et les enfants, dont elle s'occupait toute seule, Nancy était débordée. Or, à cette période, il n'avait personne d'autre dans sa vie à qui demander assistance. Et il ne voulait à aucun prix désorganiser l'emploi du temps déjà surchargé de Howie et l'inquiéter inutilement, d'autant qu'il serait sorti de l'hôpital le lendemain matin, pourvu, bien sûr, qu'il n'y ait pas de complications. Il ne s'agissait plus d'une péritonite aiguë ni d'un quintuple pontage coronarien ; d'un point de vue médical, l'intervention n'avait rien d'extraordinaire, c'est du moins ce que lui donna à entendre le chirurgien affable, qui lui assura qu'une ablation de l'extrémité de l'artère carotide était une pratique banale en chirurgie vasculaire, et qu'il serait revenu devant son chevalet au bout d'un jour ou deux.

Le lendemain matin de bonne heure, il prit donc le volant pour se rendre tout seul à l'hôpital, où il attendit au service chirurgie dans une antichambre vitrée, avec une dizaine, une douzaine d'hommes vêtus comme lui de blouses stériles, et qui feraient partie de la première série d'opérations ce jour-là. La salle ne désemplirait sans doute pas avant quatre heures de l'après-midi. La plupart des patients ressortiraient de l'hôpital mais, au fil des semaines suivantes, certains pourraient bien y rester, et pourtant ils tuaient le temps en lisant les journaux du matin et, quand on appelait le suivant, il se levait pour partir au bloc en léguant ses pages de journal à qui les voulait. À voir le calme qui régnait, on aurait cru que ces hommes allaient se faire couper les cheveux plutôt que, comme lui par exemple, un bout d'artère irriguant le cerveau.

À un moment, l'homme assis à côté de lui, et qui venait de lui tendre la page des sports, se mit à lui parler à mi-voix. Il n'avait sans doute pas plus de quarante-huit, cinquante ans, mais sa peau était cireuse, et sa voix sourde, dénuée de toute assurance. « J'ai d'abord perdu ma mère, dit-il, six mois plus tard, c'était mon père ; je n'avais qu'une sœur, huit mois plus tard, voilà que c'est son tour ; un an plus tard, mon mariage s'est défait et ma femme m'a pris tout ce que j'avais. Alors là, j'ai commencé à m'imaginer que quelqu'un venait me trouver en me disant : "Maintenant, on va vous couper le bras droit. Vous pensez que vous pourrez vous y faire ?" Et les voilà qui me coupent le bras droit. Un peu plus tard, ils reviennent me dire : "On va vous couper le bras gauche, cette fois." Et puis une fois qu'ils l'ont coupé, ils reviennent un jour me dire : "Vous voulez dire stop, maintenant ? Vous avez votre compte, ou on passe à la jambe ?" Et moi, je me disais : Quand est-ce que j'arrête, quand ? Quand est-ce que j'ouvre le gaz et que je me mets la tête dans le four ? Quand est-ce que je dis basta ? C'est comme ça que j'ai vécu, avec mon chagrin, pendant dix ans. J'ai mis dix ans à m'en remettre. Et maintenant que j'ai quand même fini par m'en remettre, voilà cette merde qui commence. »

Lorsque son tour arriva, son voisin récupéra la page des sports. Lui fut cornaqué vers le bloc opératoire par une infirmière. À l'intérieur du bloc, une demi-douzaine de personnes évoluaient sous la lumière aveuglante. Il ne put distinguer le chirurgien des autres soignants. Son visage sympathique l'aurait rassuré, mais il n'était pas encore là, ou alors il s'était mis dans un coin où il ne pouvait pas bien le voir. Plusieurs des jeunes médecins avaient déjà passé leur masque, qui leur donnait des allures de terroristes. L'un d'entre eux lui demanda s'il souhaitait une anesthésie locale ou générale, sur le même ton qu'un serveur lui aurait demandé s'il préférait du vin rouge ou du blanc. Il fut désarçonné — il était bien temps de se préoccuper de ce choix ! « Je ne sais pas, répondit-il, qu'est-ce qui vaut mieux ? — Pour nous, l'anesthésie locale. On suit bien mieux le fonctionnement du cerveau sur le moniteur si le patient est conscient. — Vous me dites que l'anesthésie locale est plus sûre, c'est bien ça que vous me dites ? Alors, va pour l'anesthésie locale. »

Ce fut une erreur. Une erreur à peine supportable : l'opération dura deux heures, qu'il dut subir en suffoquant, la tête emmaillotée dans un linge ; l'artère sectionnée et grattée se trouvait si proche de son oreille qu'il entendait le moindre mouvement des instruments comme dans une chambre d'écho. Mais il n'y avait rien à faire ; pas question de se débattre. Serrer les dents. Ne pas donner prise à la douleur, attendre que ça passe.

Cette nuit-là, il dormit bien, le lendemain il se sentait en forme, et à midi, comme il leur avait raconté qu'un ami venait le chercher, il fut libéré, quitta le parking et rentra chez lui en conduisant précautionneusement. Lorsqu'il arriva dans son lotissement et s'assit dans son atelier pour regarder la toile qu'il allait pouvoir se remettre à peindre, il éclata en sanglots, exactement comme son père quand il était rentré chez eux après la péritonite qui avait failli l'emporter.

Mais au lieu de cesser, les ennuis de santé s'accumulèrent ; maintenant, il ne se passait pas un an sans qu'il soit hospitalisé. Ses parents avaient vécu vieux, son frère, de six ans son aîné, semblait n'avoir rien perdu de sa forme depuis qu'il tapait dans un ballon pour l'équipe du lycée Thomas Jefferson, et lui, qui n'avait jamais que soixante-cinq ans, sa santé le lâchait, son corps semblait en péril permanent. Il s'était marié trois fois, il avait eu des maîtresses, des enfants, il avait fait une carrière intéressante et réussie, or voilà qu'échapper à la mort semblait devenir la grande affaire de sa vie, qui se résumait désormais à l'histoire de son déclin physique.

L'année suivant l'opération de la carotide, une coronarographie avait révélé une crise cardiaque passée inaperçue, et qui avait touché la paroi postérieure, une greffe s'étant obstruée. La nouvelle l'assomma, mais heureusement Nancy était venue le rejoindre par le train et l'accompagner à l'hôpital ; sa présence rassurante l'aida à retrouver un peu de sérénité. Le médecin procéda ensuite à une angioplastie ; il inséra un stent dans l'artère antérieure gauche descendante, après l'avoir gonflée au niveau de la resténose. Depuis la table d'opération, il avait vu le cathéter qu'on faufilait dans l'artère coronaire ; on ne lui avait donné qu'un léger sédatif, et il put suivre toute l'intervention sur le moniteur comme si son corps appartenait à quelqu'un d'autre. Un an plus tard, il eut une autre angioplastie, et on lui posa de nouveau un stent dans une greffe qui commençait à rétrécir. L'année suivante, il fallut lui en poser trois d'un coup, pour réparer des resténoses si mal placées que, comme le lui confia ensuite le chirurgien, l'opération n'eut rien d'une partie de plaisir.

Comme toujours, pour se distraire de la situation présente, il faisait resurgir la bijouterie paternelle et le nom des neuf marques de montres et des sept marques de réveils pour lesquelles son père avait une franchise ; l'horlogerie ne lui rapportait pas grand-chose, mais c'était tout de même rentable, parce que montres et réveils étaient une valeur sûre, qui attirait l'œil du chaland dans la vitrine et lui faisait pousser la porte. Voici à quoi lui servaient ces souvenirs séminaux pendant ses angioplasties : il s'isolait des menus propos que les médecins et les infirmières ont coutume d'échanger quand ils se mettent en place, il s'isolait du rock qui se déversait dans cette salle stérile et glacée, où il était attaché à la table d'opération, parmi les machines patibulaires censées maintenir en vie les cardiaques et, sitôt qu'on pratiquait l'anesthésie locale pour lui insérer un cathéter dans l'aine, il s'abstrayait en récitant à mi-voix la liste qu'il avait classée par ordre alphabétique, quand il n'était qu'un gamin venant aider à la boutique, après l'école : « Benrus, Bulova, Croton, Elgin, Hamilton,

Helbros, Ovistone, Waltham, Wittnauer » et, chaque fois qu'il prononçait le nom de la marque, il se remémorait le dessin spécifique des chiffres sur le cadran, de la première à la douzième heure, et retour. Après quoi il passait aux réveils, « General Electric, Ingersoll, McClintock, New Haven, Seth Thomas, Telechron, Westclox », en se rappelant que les réveils à remontoir faisaient tic tac et que les réveils électriques bourdonnaient, tant et si bien qu'à ce jeu il finissait par entendre le médecin lui dire que l'intervention était terminée, et que tout s'était bien passé. L'assistant du chirurgien, après avoir appuyé sur l'incision, plaçait un sac de sable sur l'aine pour prévenir tout saignement, et c'est avec ce poids qu'il lui fallait rester sans bouger dans son lit d'hôpital pendant six heures. Cette immobilité forcée était le pire de l'affaire, curieusement, à cause des milliers de pensées involontaires qui auréolaient le flot paresseux du temps. Mais le lendemain matin, si tout s'était bien passé, on offrait à sa contemplation un petit déjeuner immangeable, accompagné d'une brassée de recommandations postopératoires ; à onze heures, il pouvait sortir. Trois fois, pour des interventions différentes, quand il s'était déshabillé sitôt rentré pour prendre une douche bienvenue, il avait trouvé des patchs à électrodes que l'infirmière l'aidant à s'habiller avait oublié de lui décoller pour les mettre à la poubelle. Un matin, sous la douche, il avait découvert que personne n'avait pris la peine de retirer de son bras meurtri le bouchon de perfusion, gadget que les soignants appelaient un *heplock* ; il avait fallu qu'il se rhabille et aille se le faire enlever au cabinet du généraliste de Spring Lake avant qu'il ne s'infecte.

L'année qui suivit les trois stents, on le neutralisa brièvement sur un billard pour lui poser un défibrillateur ; l'appareil préviendrait l'évolution de la maladie potentiellement mortelle qui, avec la cicatrisation de la paroi postérieure du cœur et le retard de son cœur à éjecter le sang dans le système, le prédisposait à un arrêt cardiaque par arythmie. Cet appareil était une fine boîte de métal à peu près de la taille d'un briquet, qu'on lui glissa sous la peau, en haut de la poitrine, à quelques centimètres de l'épaule gauche, ses fils reliés à son cœur fragile, prêts à lui administrer un choc salutaire pour en corriger les battements — et tromper la mort — s'ils devenaient dangereusement irréguliers.

Lors de cette intervention, Nancy l'avait accompagné, une fois de plus ; quand il remonta dans sa chambre, et ouvrit sa tunique d'hôpital pour lui montrer la bosse du pacemaker sous la peau, elle dut détourner la tête. « C'est pour me protéger, ma chérie, il ne faut pas que ça te perturbe — Je sais bien que c'est pour te protéger, et je suis contente que cet appareil existe, mais ça fait un choc, parce que... », elle en avait trop dit pour s'en sortir par un pieux mensonge, « tu as toujours fait tellement jeune ! — Mais je suis plus jeune avec que sans. Maintenant, je vais pouvoir faire tout ce que j'aime, et sans avoir peur que mon arythmie ne me mette en danger. » Mais elle demeura toute pâle, désemparée, incapable d'endiguer les larmes qui lui inondaient le visage. Elle aurait voulu que son père reste l'homme qu'il était quand elle avait dix ans, onze ans, douze ans, treize ans, sans handicap ni invalidité. Lui aussi : elle n'aurait pas pu le vouloir davantage qu'il ne le souhaitait lui-même mais, dans l'instant, il eut moins de mal à accepter son propre chagrin que celui de sa fille. Il désirait profondément lui dire quelque chose de tendre, qui la soulagerait du fardeau de ses craintes, comme si, de nouveau, c'était elle la plus fragile.

Il n'avait jamais vraiment cessé de s'inquiéter pour elle, ni de se demander comment il avait fait pour avoir une enfant pareille. Il n'y était pas pour grand-chose, sans doute, contrairement à Phoebe qui avait pu jouer un plus grand rôle. Il y a des gens comme ça, des gens d'une bonté qui saute aux yeux, de vrais miracles, et la chance avait voulu que son incorruptible fille soit un de ces miracles-là. Autour de lui, il le constatait avec stupéfaction, les parents étaient souvent cruellement déçus par leurs enfants — ainsi qu'il l'était lui-même par ses deux fils qui persistaient à se comporter comme s'ils étaient les premiers, et d'ailleurs les derniers, enfants du divorce — alors que sa fille était formidable à tous égards. Parfois, il lui semblait avoir tout raté sauf Nancy. Il s'inquiétait donc pour elle et, aujourd'hui encore, il ne pouvait pas passer devant une boutique de vêtements sans penser à elle, et entrer lui chercher quelque chose qui lui plaise ; et il se disait, j'en ai de la chance, et il se disait, à quelque chose malheur est bon, et ce quelque chose de bon, c'était elle.

Il se remémorait à présent la brève période pendant laquelle elle avait été championne de course à pied. Quand elle avait treize ans, elle s'était classée deuxième de toute son école de filles lors d'une compétition ; c'était une course de trois kilomètres, et elle s'était découvert des dons peut-être exceptionnels. Elle était bonne en tout, mais ça, c'était une autre forme de vedettariat. Pendant un temps, il cessa d'aller à la piscine, le matin, pour qu'ils puissent courir tous les deux, à la première heure, et puis aussi, parfois, au déclin du jour. Ils se retrouvaient tout seuls, dans le parc, entre les ombres et la lumière. Elle courait dans l'équipe de son école, et au cours d'une compétition, comme elle amorçait un virage, sa jambe la lâcha, et elle roula sur la piste en se tordant de douleur ; il s'était produit ce qui arrive parfois chez les filles prépubères, dont les os ne sont pas encore bien solidifiés ; une femme plus âgée s'en serait tirée avec un claquage, mais ce fut plus grave pour Nancy ; le tendon avait résisté, mais un fragment d'os s'était détaché de sa hanche. Accompagné de l'entraîneur, il la conduisit aussitôt aux urgences, folle de souffrance et d'angoisse, surtout quand elle s'entendit dire qu'il n'y avait rien à faire, même si on lui promit sans mentir que la blessure guérirait toute seule, avec le temps. Ce fut la fin de sa carrière d'athlète, non pas seulement parce que la convalescence dura toute la saison, mais aussi parce que la puberté l'attendait au tournant : bientôt ses seins poussèrent, ses hanches s'arrondirent, et la vitesse qui habitait son corps d'enfant disparut. Et, comme si la fin de ses espoirs en championnat et sa transformation physique ne suffisaient pas à son malheur, cette année-là, ses parents divorcèrent.

Assise en larmes au chevet de son père, elle avait plus d'une raison de pleurer, la moindre n'étant pas qu'il l'ait abandonnée à l'âge de treize ans. Elle l'avait rejoint sur la côte pour l'assister et, malgré son bon sens et sa lucidité, elle ne savait que revivre les difficultés résultant du divorce de ses parents, et avouer à son père son vieux rêve tenace de les voir se réconcilier, lui et sa mère — réconciliation qu'elle avait appelée de ses vœux plus de la moitié de sa vie. « Mais on ne réécrit pas l'histoire », lui dit-il doucement ; il lui massait le dos, lui caressait les cheveux, la berçait doucement dans ses bras. « Il faut prendre la vie comme elle vient. Tenir bon, et prendre la vie comme elle vient. Il n'y a pas le choix. »

C'était la vérité, et il ne pouvait pas mieux dire ; c'était d'ailleurs le langage qu'il lui avait tenu mot pour mot dans le taxi qui les ramenait des urgences, en la voyant secouée de sanglots par cet inexplicable coup du sort.

Toutes ces interventions, toutes ces hospitalisations avaient fait de lui un homme sans conteste plus solitaire et bien moins sûr de lui que lors de sa première année de retraite. Même sa sacro-sainte quiétude lui semblait changée en une forme de réclusion volontaire, et il était taraudé par le sentiment qu'il amorçait la dernière ligne droite. Mais, au lieu de revenir à Manhattan la vulnérable, il décida de contrebalancer le sentiment d'être mis sur la touche par ses misères physiques en s'intégrant plus franchement au milieu qui l'entourait. C'est ainsi qu'il décida d'ouvrir deux cours de peinture hebdomadaires, l'après-midi pour les débutants, et le soir pour ceux qui savaient déjà plus ou moins tenir un pinceau.

Il avait à peu près dix élèves par classe, qui adoraient se retrouver dans son atelier lumineux. La plupart voyaient dans la peinture un prétexte pour se réunir, et ils prenaient ces cours pour la raison même qu'il les donnait : nouer des contacts satisfaisants. À l'exception de deux, ils étaient tous plus âgés que lui et, s'ils se retrouvaient dans la camaraderie et la bonne humeur, la conversation finissait toujours par rouler sur des questions de maladie : leur carnet de santé était devenu leur carnet de bord, et les tuyaux médicaux qu'ils s'échangeaient prenaient le pas sur presque tout le reste. À l'atelier, ils se reconnaissaient davantage à leur misère physique particulière qu'à leur façon de peindre. « Où ça en est, votre taux de sucre ? — Et vous, la tension ? — Et qu'est-ce qu'il dit, le médecin ? — Vous êtes au courant, pour mon voisin ? Ça a atteint le foie, maintenant. » L'un des hommes venait au cours avec son unité respiratoire. Un autre voulait absolument apprendre à peindre malgré ses tremblements parkinsoniens. Tous sans exception se plaignaient, parfois — mais pas toujours — sur le mode badin, de pertes de mémoire de plus en plus fréquentes. Ils disaient ne plus voir filer les semaines, les mois, les années : la vie passait à une vitesse vertigineuse. Deux des femmes étaient atteintes d'un cancer, dont l'une dut quitter le cours avant la fin de l'année pour se faire hospitaliser. Une autre souffrait du dos ; il lui fallait parfois s'allonger au fond de la pièce, à même le sol, pendant dix minutes un quart d'heure, pour se remettre ensuite à son chevalet. Au bout de quelques fois, il lui dit de s'installer dans sa chambre le temps qu'il faudrait ; le matelas était ferme, elle y serait bien mieux. Un jour, ne la voyant pas reparaître au bout d'une demi-heure, il alla frapper et, entendant pleurer, poussa la porte et entra.

C'était une grande femme maigre, aux cheveux gris ; elle devait avoir son âge, à un ou deux ans près ; son physique et sa douceur lui rappelaient Phoebe. Elle s'appelait Millicent Kramer, c'était de loin sa meilleure élève, et d'ailleurs celle qui se salissait le moins. Dans le groupe qu'il appelait charitablement les avancés, elle était la seule à terminer les cours sans avoir éclaboussé ses baskets de peinture. Jamais il ne l'entendit déplorer, comme les autres : « La peinture ne veut pas m'obéir », ou : « Je le vois bien dans ma tête, mais je n'arrive pas à le faire sur la toile » ; et de son côté, il n'eut jamais besoin de lui dire : « Ne soyez pas timide, ne vous retenez pas. » Il tâchait d'être généreux envers tous ses élèves, même les nuls, qui étaient souvent les premiers à dire en arrivant : « Je viens de passer une journée formidable, je me sens inspiré. » Quand il en eut assez d'entendre cette phrase, il leur rapporta en substance un propos de Chuck Close au cours d'une interview : c'est l'amateur qui cherche l'inspiration ; nous autres, on se lève et au boulot. Il ne les mit pas au dessin, il n'était pas sûr d'en avoir un seul capable d'y parvenir, et puis peindre un personnage poserait toutes sortes de problèmes, de proportions et d'échelle. Si bien qu'après une ou deux séances consacrées aux rudiments, appliquer la peinture, préparer la palette, et après les avoir familiarisés avec le médium lui-même, il disposa une nature morte sur la table, un vase de fleurs, un fruit, une tasse à thé, et la leur proposa comme point de référence. Il leur dit d'être créatifs, pour qu'ils se détendent et peignent avec un mouvement de tout le bras, sans avoir peur, si possible. Il leur dit de ne pas essayer de reproduire fidèlement la disposition des éléments. « Il s'agit d'interpréter ; c'est un acte de création. » Malheureusement, cette déclaration l'amenait parfois à rectifier par la suite : « Il ne faut peut-être pas faire le vase six fois plus gros que la tasse, quand même... » À quoi l'élève répondait invariablement : « Mais vous avez dit d'interpréter ! — Pas à ce point. » Le fléau des cours de peinture auquel il souhaitait par-dessus tout échapper, c'était l'œuvre d'imagination ; mais comme la créativité, l'idée de se lâcher les remplissaient d'enthousiasme, c'étaient tout de même les thèmes qui revenaient d'une séance sur l'autre. Parfois le pire arrivait, et un élève disait : « J'ai pas envie de peindre des fleurs et des fruits, je voudrais faire de l'abstrait, comme vous. » Sachant bien qu'il est impossible d'expliquer à un débutant ce qu'il fait quand il croit peindre du non-figuratif, il disait : « Très bien, faites ce qui vous plaît », et, lorsqu'il circulait dans l'atelier, prodiguant consciencieusement ses conseils, il découvrait en regardant une tentative de peinture abstraite que, comme prévu, il n'avait rien à dire sinon : « Continuez, il y a encore du travail. » Il essayait de présenter la peinture comme un jeu plutôt que comme un art en leur citant Picasso, dans le genre retrouver l'enfant qui est en soi pour pouvoir peindre en adulte. En gros, il répétait ce que ses professeurs lui avaient dit lorsqu'il était enfant et qu'il prenait lui-même des cours de peinture.

Les seules fois qu'il était amené à dire quelque chose de précis, c'était devant le chevalet de Millicent, où il voyait de quoi elle était capable, et à quelle vitesse elle progressait. D'emblée, il avait repéré chez elle une aisance innée, bien supérieure à la simple facilité qui apparut parfois chez les autres au fil des semaines. Son talent ne consistait pas à doser idéalement le rouge et le bleu dans la palette, mais plutôt à modifier le mélange avec une touche de noir, ou une pointe de bleu, pour parvenir à une harmonie de couleurs intéressante ; et puis ses œuvres avaient une cohérence interne, au lieu de se déliter comme il le voyait trop souvent quand il passait d'un chevalet à l'autre et qu'il se forçait à dire, faute d'une meilleure formule : « Ça prend tournure. » À elle, il fallait parfois dire, au contraire : « N'en faites pas trop », mais rien de ce qu'il lui disait n'était perdu pour elle, et elle écoutait ses conseils à la nuance près. Elle semblait peindre d'instinct, et si ses peintures ne ressemblaient à aucune autre dans le groupe, ce n'était pas seulement par leurs particularités stylistiques, mais parce qu'elle percevait et ressentait les choses différemment. Les autres avaient besoin qu'on les guide à des degrés divers et, malgré la bonne volonté générale, certains ne supportaient pas d'avoir besoin de conseils, et il arrivait même que l'un d'entre eux, ancien P-DG de l'industrie, prenne la mouche sur une critique lancée sans réfléchir. Millicent, jamais ; elle aurait été l'élève la plus gratifiante de n'importe quel cours de peinture pour amateurs.

À présent, il était assis à son chevet et, sa main dans la sienne, il se disait : Quand on est jeune, c'est l'apparence du corps, qui compte, l'extérieur. Quand on a vieilli, c'est l'intérieur ; on ne s'intéresse plus à l'aspect physique.

«Vous n'avez pas un médicament sur vous, qui puisse vous soulager ?

— Je l'ai déjà pris, je ne peux pas en prendre davantage. D'ailleurs ça ne fait effet que quelques heures. Plus rien ne me soulage. Je me suis fait opérer trois fois, et chaque fois c'est plus long, chaque fois c'est plus pénible, chaque fois la douleur s'aggrave. Je suis désolée de me montrer dans un état pareil. Je vous prie de m'excuser. »

À côté de sa tête, sur le lit, il voyait le corset qu'elle avait retiré pour s'allonger. C'était une coque de plastique, qui s'adaptait au bas de la colonne vertébrale, et qui était reliée à une résille élastique, avec des attaches en velcro pour plaquer sur le ventre une toile oblongue, doublée de feutre. Millicent avait gardé sa blouse blanche de peintre tout en retirant le corset, qu'elle avait tenté de dissimuler sous l'oreiller quand il avait ouvert la porte ; voilà pourquoi l'objet se trouvait à la hauteur de sa tête, évidence obsédante, tandis qu'ils échangeaient ces propos. Ce n'était qu'un corset lombaire banal, porté sous les vêtements, dont la partie postérieure, en plastique, ne mesurait pas plus de quinze à vingt centimètres, et pourtant ce corset lui évoquait une présence permanente, dans leur village de retraités cossu, celle de la maladie et de la mort.

«Vous voulez un verre d'eau ? » lui demanda-t-il.

En la regardant dans les yeux, il vit à quel point la douleur était insupportable. « Oui, oui, s'il vous plaît », lui répondit-elle d'une voix faible.

Elle avait été mariée à Gerald Kramer, propriétaire, éditeur et rédacteur en chef d'un hebdomadaire du comté — le plus influent de la presse locale — qui n'hésitait pas à dénoncer la corruption des équipes municipales en place sur tout le littoral. Il s'en souvenait, de ce Kramer, qui avait grandi dans les taudis de la ville de Neptune, toute proche ; c'était un homme chauve, trapu, aux idées bien arrêtées, qui marchait en plastronnant, jouait un tennis offensif dénué d'élégance, pilotait un petit Cessna et animait un groupe de discussion hebdomadaire sur les questions d'actualité — c'était même la soirée la plus attendue par les résidents de Starfish Beach, avec les séances de vieux films du ciné-club. Mais voilà, un jour il avait été terrassé par une tumeur au cerveau, et on avait vu sa femme le pousser en fauteuil dans les rues du village. Retraité, il avait encore eu l'air d'un grand ponte, qui aurait consacré sa vie à une mission de la plus haute importance ; mais au cours des onze mois précédant sa mort, il paraissait démoli par la stupeur, éberlué de se voir réduit à cette dépendance, éberlué à l'idée que ce moribond affaibli dans son fauteuil roulant, cet homme bien incapable de taper dans une balle de tennis, de barrer un voilier, de piloter un avion, et à plus forte raison d'éditer une page du *Monmouth County Bugle*, répondait à son nom. Cet excentrique flamboyant aimait bien mettre son smoking de temps en temps, sans occasion spéciale, pour aller manger des escalopes de veau au restaurant du village, avec celle qui était son épouse depuis quelque cinquante ans. « Quand voulez-vous que je le mette, sinon, bon Dieu ! » disait-il d'un air faussement bourru à qui voulait l'entendre — car, contre toute attente, il savait aussi charmer son monde. Mais depuis son opération, sa femme lui donnait à manger ; assise à son chevet, elle attendait qu'il ouvre sa bouche tordue par la paralysie pour le nourrir à la petite cuiller, cet arrogant de mari, ce galant aux allures de voyou. Kramer était connu et admiré et, quand les gens le rencontraient dans la rue, ils voulaient le saluer, s'enquérir de sa santé, mais sa femme était souvent obligée de leur faire un signe de dénégation, les jours où il touchait le fond du désespoir, ce désespoir au vitriol d'un homme luttant naguère sur tous les fronts, aujourd'hui sur aucun, qui n'est plus personne, plus rien qu'un zéro en furie, qui n'attend que la délivrance du coup de gomme définitif.

«Vous pouvez rester là, si vous voulez, dit-il à Millicent Kramer, après qu'elle but un peu d'eau.

— Je ne peux pas passer ma vie allongée, s'écria-t-elle. Je n'en peux plus ! Moi qui étais si agile, si active — étant mariée à Gerald, je n'avais pas le choix. On est allés partout. J'avais un tel sentiment de liberté. On est allés en Chine, on a sillonné l'Afrique, et maintenant je ne peux même plus prendre le bus pour New York sans me bourrer d'analgésiques. Et ça ne me réussit pas, les analgésiques, je perds la boule. Et de toute façon, le temps d'arriver, j'ai à nouveau mal. Oh, je vous demande pardon, vraiment, je suis désolée. Nous avons tous nos misères. Mon histoire n'a rien de spécial, et je suis désolée de vous l'imposer comme ça. Vous avez sûrement vos tracas, vous aussi.

— Est-ce qu'une bande chauffante vous ferait du bien ?

— Vous savez ce qui me ferait du bien ? Le son de cette voix qui s'est tue. La voix de cet homme exceptionnel, que j'ai aimé. Je crois que je supporterais tout ça, s'il était encore là. Mais sans lui, je ne peux pas. Je ne l'ai jamais vu faiblir, de toute sa vie — jusqu'au cancer, qui l'a détruit. Moi, je ne suis pas Gerald. Lui, il rassemblerait ses forces, et il y arriverait — il banderait toute son énergie et il ferait face. Pas moi ; je ne supporte plus la douleur. Elle prend le pas sur tout le reste. Il y a des moments où je me dis : je ne tiendrai pas une heure de plus. Puis je me dis : il faut l'ignorer. Je me dis : ça ne fait rien. Je me dis : fais comme si de rien n'était. C'est un spectre, c'est une nuisance, et rien de plus. Ne te laisse pas faire, ne coopère pas, ne mords pas à l'hameçon, ne réagis pas. Bande tes muscles, pied au plancher. C'est la douleur ou toi qui commande, choisis. Je me répète ça des millions de fois par jour, comme si c'était Gerald qui me parlait, et puis tout d'un coup, c'est atroce, je suis obligée de me coucher par terre au beau milieu du supermarché, et les mots n'ont plus de sens. Oh, excusez-moi, vraiment, j'ai horreur des larmes.

— On a tous horreur des larmes, lui dit-il, ça n'empêche pas de pleurer.

— Ce cours était tellement important pour moi. Je passe la semaine à y penser. Une vraie gamine », avoua-t-elle, et il vit qu'elle le regardait avec une confiance enfantine, comme un enfant qu'on voudrait endormir et comme si lui, à l'instar de Gerald, avait le pouvoir de tout arranger.

« Vous l'avez apporté, ce médicament ?

— J'ai déjà pris un cachet ce matin.

— Prenez-en un autre.

81

« — Il faut que je fasse attention à ne pas en prendre trop.

— Je comprends, mais faites-vous plaisir, prenez-en un autre tout de suite. Un seul, ça ne risque pas de vous faire trop de mal, vous oublierez votre cafard et vous pourrez revenir à votre chevalet.

— Ça met près d'une heure à agir, le cours sera fini.

— N'hésitez pas à rester, je vous en prie, si vous voulez continuer à peindre quand les autres seront partis. Où est-il, ce médicament ?

— Dans mon sac, dans l'atelier, près de mon chevalet. C'est le vieux sac marron, avec la bride usée. »

Il le lui apporta et, avec le reste d'eau, elle avala la pilule, un opiacé qui calmait la douleur pendant deux ou trois heures, un gros comprimé en forme de losange, qui, sitôt avalé, lui permit de se détendre à la perspective de ne plus souffrir. Pour la première fois depuis le début des cours, il vit comme elle avait dû être jolie avant que la dégénérescence de sa colonne vertébrale domine sa vie.

« Restez allongée jusqu'à ce que ça fasse effet, lui dit-il, et puis vous rejoindrez le reste de la classe.

— Je suis vraiment désolée de tout ça, lui dit-elle comme il quittait la chambre, c'est qu'on est si seul quand on a mal. » À cet instant, le courage l'abandonna de nouveau et elle se mit à pleurer en se couvrant le visage de ses mains. « J'ai tellement honte.

— Il n'y a pas de quoi.

— Oh si, oh si, sanglotait-elle. Ne pas pouvoir se débrouiller tout seul, ce besoin de réconfort pathétique.

— Il n'y a rien de honteux dans tout ça, en l'occurrence.

—Vous vous trompez, vous ne savez pas ce que c'est. La dépendance, l'impuissance, l'isolement, la terreur — c'est abominable, et c'est honteux. Quand vous souffrez, vous vous mettez à avoir peur de vous-même. Cette aliénation absolue, c'est terrible. »

Elle est gênée d'être devenue ce qu'elle est, se dit-il, gênée, humiliée, elle ne se reconnaît plus dans cette déchéance. Mais n'en étaient-ils pas tous là ? Lui, par exemple ? Les changements physiques, le déclin de sa virilité, les erreurs, qui l'avaient rongé, les coups — ceux qu'il s'était infligés lui-même et ceux qu'il avait reçus — qui l'avaient déformé. Ce qui conférait une horrible grandeur à la dégradation de Millicent Kramer — et réduisait la sienne à peu de chose en comparaison —, c'était bien sûr cette douleur impossible à calmer. Même les photos de ses petits-enfants, ces photos dont les grands-parents inondent leur maison, même ces photos-là, elle ne doit plus les regarder. Plus rien n'existe, que cette douleur.

« Chut, lui dit-il, chut, calmez-vous. » Il revint vers le lit pour lui prendre la main, un instant, avant de retourner faire cours. « Attendez que les analgésiques fassent effet, et revenez quand vous serez d'attaque. »

Dix jours plus tard, elle se suicidait en absorbant des barbituriques.

À la fin du cycle de douze semaines, presque tout le monde voulait s'inscrire pour une nouvelle session, mais il annonça qu'un changement de programme l'obligeait à interrompre les cours jusqu'à l'automne.

*

Quand il avait fui New York, il avait élu domicile sur la côte parce qu'il avait toujours adoré nager dans les rouleaux et braver les vagues, et puis parce que cette partie du littoral était associée pour lui à une enfance heureuse ; en outre, même si Nancy ne venait pas vivre auprès de lui, il ne serait qu'à une heure de chez elle ; enfin, vivre dans un environnement relaxant et confortable ne pouvait qu'être bon pour sa santé. Il n'avait pas d'autre femme que sa fille dans sa vie. Le matin, avant de partir au travail, elle ne manquait jamais de l'appeler ; mais par ailleurs, son téléphone sonnait peu. L'affection des fils qu'il avait eus en premières noces, il avait cessé de la rechercher ; il n'avait jamais bien agi envers eux, ni envers leur mère, et, pour résister à leurs sempiternels griefs et à leur version du roman familial, il aurait fallu une combativité qu'il n'avait plus dans son arsenal. Une combativité qui avait fait place à une immense tristesse. S'il cédait, certaines longues soirées de solitude, à la tentation de les appeler, l'un ou l'autre, il en ressortait plus triste encore, et défait.

Randy et Lonny étaient la source même de son sentiment de culpabilité, mais il ne pouvait pas passer sa vie à s'expliquer sur sa conduite. Il avait essayé maintes fois, du temps qu'ils étaient jeunes gens, mais ils avaient alors la rancune trop juvénile pour comprendre et, désormais, ils l'avaient trop invétérée. Comprendre quoi, d'ailleurs ? Cette jubilation avec laquelle ils le mettaient au banc des accusés, aujourd'hui encore... ça le dépassait. Il avait fait ce qu'il avait fait, à sa manière, comme ils faisaient ce qu'ils faisaient à la leur. Leur refus monolithique de lui pardonner était-il plus pardonnable ? Ou moins nocif dans ses effets ? Il faisait partie des millions d'Américains impliqués dans un divorce qui avait brisé un foyer. Mais battait-il leur mère ? Les battait-il, eux ? Avait-il jamais manqué à ses devoirs, refusé de subvenir à leurs besoins ou à ceux de leur mère ? Avaient-ils jamais eu à lui mendier de l'argent ? Était-il trop sévère ? Ne leur avait-il pas tendu la main autant que faire se pouvait ? Qu'aurait-il fallu faire pour limiter les dégâts ? Qu'aurait-il pu faire qui le rende plus acceptable aux yeux de ses fils, sinon l'impossible : rester marié avec leur mère, rester vivre avec elle ? À eux de le comprendre ou pas — et malheureusement pour lui, et pour eux, ils ne le comprenaient pas. Ils ne comprenaient pas davantage que cette famille qu'ils formaient, il l'avait perdue, lui aussi. Il y avait, sans aucun doute, des choses qui lui échappaient, à lui aussi, auquel cas ce n'en était que plus triste. De la tristesse, on pouvait dire qu'il y en avait à revendre, et du remords aussi, pour déclencher la symphonie des questions par lesquelles il tentait de justifier ce qu'avait été sa vie.

Il ne leur dit rien de ses hospitalisations à répétition, ça leur aurait fait trop plaisir. Il était convaincu qu'ils se réjouiraient à sa mort, et tout ça parce qu'ils ne s'étaient jamais remis qu'il ait quitté leur foyer pour en fonder un autre. Le fait qu'il ait fini par abandonner ce second foyer pour une beauté de vingt-six ans sa cadette, une fille en qui, selon eux, tout autre homme aurait flairé le cas pathologique à un kilomètre, un mannequin, excusez du peu, un mannequin sans cervelle, engagée par son agence en même temps que le reste de l'équipe pour un contrat de quelques jours dans les Caraïbes — ce fait les avait confirmés dans l'idée qu'il n'était qu'un aventurier du sexe, immature, irresponsable, frivole, et sournois. Un imposteur dans son rôle de père. Un imposteur dans son rôle de mari, même de la précieuse Phoebe, pour qui il avait néanmoins plaqué leur mère. Sauf pour traquer la chatte, bidon sur toute la ligne. Quant à devenir artiste sur ses vieux jours, quelle blague ! c'était bien la meilleure. Dès qu'il se mit à peindre sérieusement tous les jours, Randy l'appela par dérision le « joyeux savetier ».

De son côté, il ne s'était jamais pris pour un modèle de rectitude morale ou de lucidité. Son troisième mariage reposait sur un désir insatiable pour une femme avec qui il n'avait rien en commun, mais un désir qui n'avait jamais perdu le pouvoir de l'aveugler, et l'avait mené, quinquagénaire, à jouer le jeu d'un jeune homme. Il ne couchait plus avec Phoebe depuis six ans, mais il ne pouvait guère livrer ce détail intime à ses fils pour leur expliquer son deuxième divorce. Il avait été le mari de Phoebe pendant quinze ans, le père à demeure de Nancy pendant treize ans, le frère de Howie et le fils de ses parents depuis sa naissance, un brillant publicitaire pendant plus de vingt ans : ces titres parlaient pour lui. Même en tant que père de Lonny et Randy, il n'avait pas à rendre ces comptes-là.

Pourtant, leur description de la façon dont il avait mené sa vie n'était même pas une caricature, c'était le portrait d'un autre homme : ils s'obstinaient à minimiser toutes ses qualités, qui lui semblaient évidentes pour tout le monde, à minimiser son intégrité pour maximiser ses torts, mus par une rancune qui ne rimait plus à grand-chose aujourd'hui. À la quarantaine, ils réagissaient envers leur père comme au temps où ils étaient enfants et où il avait quitté leur mère, comme des enfants qui, par définition, ne sont pas en mesure de comprendre qu'il puisse y avoir plus d'une explication aux comportements humains, mais des enfants dans la peau d'hommes faits, avec une agressivité d'adultes, capables d'un travail de sape contre lequel il était sans défense. Ils avaient choisi de faire souffrir ce père absent, et il souffrait dûment, il se laissait faire. Subir, puisqu'il n'y avait que ça pour leur faire plaisir, pour payer son ardoise, pour tolérer, comme le meilleur des pères, leur hostilité exaspérante.

Espèces d'enfoirés, sales gosses boudeurs, petits merdeux sans indulgence ! Est-ce qu'on n'en serait pas là quand même, si j'avais été différent et avais agi différemment ? Est-ce que je me sentirais moins seul, aujourd'hui ? Sans aucun doute ! Seulement, voilà, j'ai fait ce que j'ai fait, j'ai soixante et onze ans, et l'homme que je suis, c'est moi qui l'ai fait. C'est comme ça que j'en suis arrivé là, un point c'est tout !

Heureusement, au fil du temps, il recevait des nouvelles régulières de Howie. Comme presque tous les associés qui atteignaient la soixantaine, sauf les trois ou quatre au sommet de la pyramide, Howie avait pris sa retraite de chez Goldman et Sachs ; il pesait alors facilement cinquante millions de dollars. Il fit bientôt partie de nombreux conseils d'administration de sociétés, et fut enfin nommé président de Procter & Gamble, pour lesquels il avait réalisé des arbitrages à ses débuts. À soixante-dix ans passés, n'ayant rien perdu de sa vigueur et de son ardeur au travail, il était devenu consultant pour une société de repreneurs bostoniens, spécialisés dans les institutions financières, et il voyageait pour prospecter d'éventuelles acquisitions. Pourtant, malgré les responsabilités qui étaient encore les siennes, et les contraintes de son emploi du temps, les deux frères avaient continué à se téléphoner une ou deux fois par mois, des conversations qui duraient parfois une demi-heure, chacun riant en rappelant à l'autre les souvenirs de leur jeune temps, les anecdotes cocasses liées à l'école ou à la bijouterie.

Mais à présent, lorsqu'ils bavardaient, il se sentait pris d'une froideur injustifiée et, à la jovialité de son frère, il répondait par le silence. La raison en était ridicule : il détestait Howie à cause de sa santé de fer. Il détestait Howie parce qu'il ne savait pas ce que c'était que l'hôpital, parce que la maladie lui était inconnue, parce que son corps ne portait nulle part la cicatrice du bistouri, parce qu'il n'avait pas six stents logés dans les artères, avec, glissé dans la cage thoracique, un système d'alarme cardiaque appelé défibrillateur, nom qui, quand il l'avait entendu prononcé pour la première fois par son cardiologue, lui avait paru assez anodin, et vaguement associé aux vitesses d'un vélo. Il le détestait parce qu'ils étaient issus des mêmes parents, se ressemblaient beaucoup physiquement, et que Howie avait hérité d'une santé de fer, tandis que lui étaient échues en partage les faiblesses cardio-vasculaires. Cette rancune était ridicule, Howie n'y était pour rien, il jouissait de sa bonne santé, voilà tout. Cette haine était ridicule : Howie était né comme ça, voilà. Il ne lui avait du reste jamais envié ses prouesses sportives ou scolaires, son génie de la finance, ni même sa richesse ; il ne l'avait jamais envié, même quand il comparait ses deux fils et ses femmes à celle et ceux de son frère — quatre garçons adultes qui l'aimaient de tout leur cœur, et une épouse dévouée depuis cinquante ans, qui comptait de toute évidence autant pour lui qu'il comptait pour elle. Il était fier de ce frère athlétique et sportif qui obtenait rarement moins de seize sur vingt à l'école, et il l'admirait depuis la petite enfance. Lui qui était doué pour les arts, et dont le seul atout sportif marquant était la natation, adorait son frère sans vergogne et le suivait partout. Et voilà qu'à présent il le détestait, l'enviait, nourrissait une jalousie venimeuse à son endroit. En pensée du moins, il l'agressait rageusement, à cause de cette force avec laquelle il s'imposait dans la vie et qui n'avait subi aucun frein. Au téléphone, il réprimait de son mieux ces sentiments irrationnels et injustifiables mais, au fil des mois, leurs communications s'abrégèrent et s'espacèrent, tant et si bien qu'avant peu ils ne se parlaient plus guère.

Il n'éprouva pas longtemps le désir perfide que la santé de Howie se détériore — sa jalousie n'allait pas jusque-là, et il savait bien que cela ne lui rendrait pas la sienne. Rien ne lui rendrait la santé, ni la jeunesse, rien ne pourrait non plus revigorer son talent. Dans ses moments d'exaspération, cependant, il en arrivait à croire que la santé insolente de Howie était cause que la sienne déclinait — mais il était trop rationnel, trop civilisé, trop prêt à accepter l'inégalité des chances pour le croire longtemps. Au temps où le psychanalyste avait, avec tant de légèreté, mis les symptômes de son appendicite aiguë sur le compte d'une crise de jalousie, il demeurait encore le fils de ses parents, loin de se douter qu'il considérerait un jour ce qui appartenait à un autre comme lui revenant de droit. Mais à présent, dans sa vieillesse, il avait découvert la passion qui prive l'envieux de sa sérénité et, pis encore, de sa lucidité. Il détestait Howie pour cet avantage biologique dont il aurait fait meilleur usage.

Tout à coup, il ne pouvait plus supporter son frère, avec la virulence primaire et instinctive qui était celle de ses propres fils à son endroit.

Il avait espéré voir arriver à ses cours de peinture une femme à laquelle s'intéresser — c'était d'ailleurs en partie pour ça qu'il avait ouvert le cours en question. Mais former un couple avec une des veuves de son âge, si peu attirantes, fut au-dessus de ses forces. En revanche, les jeunes femmes saines et vigoureuses qu'il voyait courir le long de la jetée, le matin, quand il partait faire sa promenade, ces jeunes femmes toutes en galbe et chevelure lustrée, qu'il trouvait plus belles encore que celles de la génération précédente, n'étaient pas assez folles pour échanger avec lui davantage qu'un sourire professant leur innocence. Suivre des yeux la trajectoire de leur course était un plaisir, mais un plaisir épineux, car cette caresse cérébrale suscitait au fond de lui une tristesse poignante qui ne faisait qu'aggraver son insoutenable solitude. Il l'avait choisie cette solitude, au départ, mais sans la deviner insupportable. Le pire, dans cette solitude insupportable, c'était précisément qu'il fallait la supporter — ou alors se laisser couler à pic. Il fallait coûte que coûte empêcher la mémoire affamée de se pencher sur le foisonnement du passé et de vous saper le moral.

Et puis il s'était lassé de peindre. Lui qui, depuis des

années, rêvait de ce temps que sa retraite lui laisserait pour peindre sans être interrompu — comme des kyrielles de directeurs artistiques tenus de gagner leur vie dans la publicité. Mais, depuis qu'il s'était installé sur la côte et peignait presque tous les jours, il en avait perdu le goût. Ce besoin impérieux de peindre l'avait abandonné, l'entreprise censée remplir le restant de ses jours périclitait. Il était à court d'idées. Chaque tableau finissait par ressembler au précédent. Ses abstractions colorées avaient toujours tenu la vedette dans les expositions locales, à Starfish Village ; les trois que lui avait prises une galerie de la station balnéaire la plus proche avaient été achetées par ses meilleurs clients. Mais cela, c'était deux ans plus tôt ou presque. Aujourd'hui, il n'avait plus rien à montrer. Ça n'avait rien donné. En tant que peintre, il n'était, et n'avait sans doute jamais été qu'un « joyeux savetier », comme le disait son fils, par dérision. À croire que peindre était une forme d'exorcisme. Mais pour chasser quel mal ? La plus vieille de ses illusions ? À moins qu'il ne se soit empressé de peindre pour oublier que nous sommes nés pour vivre, nous qui mourons pourtant ? Tout à coup, il se sentait perdu, ramené à rien, à cette syllabe unique, « rien », au néant en somme, perdu, à la dérive, et la terreur s'insinuait. On ne fait rien qui ne comporte des risques, se disait-il, rien de rien, il n'existe rien qui ne se retourne contre soi, pas même peindre des tableaux à la con.

Lorsque Nancy lui demanda des nouvelles de son travail, il lui expliqua qu'il venait de subir une « vasectomie esthétique irréversible ».

« Tu vas trouver une nouvelle inspiration », lui dit-elle en accueillant sa formule outrancière avec un rire magnanime. La bonté particulière de sa mère avait déteint sur elle, cette incapacité à faire la sourde oreille à la demande d'autrui, cette richesse d'âme, au fil des jours, terrestre, qu'il avait si calamiteusement sous-estimée et jetée aux chiens, jetée aux chiens sans se douter de tout ce dont il devrait se passer par la suite.

« Je ne crois pas, s'entendit-il dire à cette fille qu'ils avaient eue ensemble. Si je ne suis pas devenu peintre, c'est pour une bonne raison, et cette bonne raison, je viens de m'y heurter.

— Si tu n'es pas devenu peintre, expliqua Nancy, c'est parce que tu as eu des femmes et des enfants, des bouches à nourrir. Tu as eu des responsabilités.

— Si je ne suis pas devenu peintre, c'est parce que je ne suis pas peintre, pas plus aujourd'hui qu'hier.

— Papa, voyons...

— Non, écoute-moi. Je n'ai fait que barbouiller pour passer le temps.

— Tu dis ça sous le coup de la contrariété, c'est tout. Ne te rabaisse pas ; ce n'est pas vrai, je sais très bien que ce n'est pas vrai. J'ai des œuvres de toi dans tout mon appartement, je les regarde tous les jours, et je peux t'assurer que ce ne sont pas des barbouillages. Les gens qui viennent les regardent. On me demande de qui ils sont. Les gens les remarquent, ils me demandent si l'artiste est toujours vivant.

— Qu'est-ce que tu leur réponds ?

— C'est toi qui vas m'écouter, à présent. Ces gens ne sont pas touchés par des *barbouillages* ; ils sont touchés par une œuvre, un travail superbe, alors moi, tu penses bien », ajouta-t-elle avec ce rire qui le lavait de ses propres soupçons, qui le faisait retomber amoureux, à son âge comme au premier jour, de cette petite fille qui était la sienne, « moi je m'empresse de leur dire que tu es vivant, je leur dis que c'est mon père qui a fait ces tableaux, et je n'en suis pas peu fière.

— Tant mieux, ma chérie.

— J'ai ma petite galerie à moi.

— Tant mieux, je m'en réjouis.

— Tu es frustré, en ce moment, c'est tout. Tu es un peintre fabuleux. Je m'y connais. S'il y a quelqu'un en mesure de l'apprécier, c'est bien moi. »

Après tout ce qu'il lui avait imposé en trahissant Phoebe, voilà qu'elle cherchait encore à le valoriser. Elle était comme ça depuis l'âge de dix ans, cette enfant pure et sensible qui ne péchait que par générosité ; elle se protégeait du malheur, innocente créature, en oblitérant par excès d'amour les défaillances de ceux qui lui étaient chers. Elle accordait son pardon à la pelle. Et ce trait s'était retourné contre elle le jour où elle n'avait pas voulu voir ce qui manquait au brillant sujet, mais enfant gâté, dont elle s'était éprise et qu'elle avait épousé.

« Et il n'y a pas que moi, papa. Tous les gens qui viennent. L'autre jour, je recevais des baby-sitters, parce que, tu sais, Molly ne va plus pouvoir garder les enfants. Donc, j'en cherche une nouvelle, et je recevais des candidates, et celle que j'ai choisie, Tania, une fille géniale, elle est étudiante, elle a besoin d'arrondir ses fins de mois, elle fait partie de l'association des étudiants des Beaux-Arts, comme toi dans le temps, elle n'arrêtait pas de regarder celui que j'ai dans la salle à manger, au-dessus de la desserte, tu vois lequel ?

— Oui.

— Elle n'arrêtait pas de le regarder, le jaune et noir, il fallait voir ça. Moi, je lui posais des questions sur le job, et elle, elle n'avait d'yeux que pour le tableau, et il est de qui, et vous l'avez acheté où... Il y a quelque chose de saisissant dans tes œuvres.

— Tu es vraiment mignonne avec moi, ma chérie.

— Non, je suis sincère.

— Merci.

— Tu vas t'y remettre, ça va revenir. La peinture ne va pas te lâcher comme ça. Profite de la vie, en attendant, tu habites un coin tellement beau. Un peu de patience, laisse-toi du temps. Rien n'est perdu. Profite du beau temps, profite de tes promenades, de la plage, de l'océan. Rien n'est perdu, rien n'a changé. »

Curieux, le réconfort qu'il tirait de ses paroles, tout en étant bien convaincu qu'elle n'y connaissait rien. Mais le désir de réconfort est puissant, il s'en rendait compte, surtout quand ce réconfort vous vient de celle qui, par miracle, vous aime encore.

« Je ne vais plus nager dans les rouleaux, lui dit-il.

— Ah bon ? »

Même fait à Nancy, cet aveu l'humiliait. « Je n'ai plus assez confiance en moi pour nager dans la mer.

— Mais tu peux nager dans la piscine.

— Ça, je peux.

— O.K., alors nage en piscine. »

Il lui demanda des nouvelles des jumeaux, tout en pensant : si seulement j'étais encore avec Phoebe, si seulement Phoebe était là, avec moi, si seulement Nancy n'était pas obligée de se donner un tel mal pour me remonter le moral, faute d'une épouse dévouée. Si seulement il n'avait pas blessé Phoebe comme il l'avait fait, s'il ne l'avait pas bafouée, si seulement il ne lui avait pas menti ! Si elle n'avait pas dit : « Je ne pourrai plus jamais croire que tu me dis la vérité. »

C'était aux abords de la cinquantaine, pas avant, que tout avait commencé. Des femmes à foison : assistantes photographes, secrétaires, stylistes, mannequins, directrices de clientèle ; à force de travailler avec elles, de partir en déplacement avec elles, de déjeuner avec elles, le plus curieux n'était pas qu'il tombât dans le schéma classique du mari qui prend une maîtresse, mais que ce ne soit pas arrivé plus tôt, alors même que le désir avait fait long feu dans son couple. Tout avait commencé avec une jolie brunette de dix-neuf ans qu'il avait engagée comme secrétaire : au bout de quinze jours, il la baisait en levrette à même la moquette, tout habillé, ayant seulement défait sa braguette. Il ne l'avait pas prise de force et, s'il faut bien dire qu'il l'avait prise par surprise, cet homme qui se savait dépourvu d'originalités à faire valoir, et qui s'estimait heureux de vivre dans les normes courantes, de faire plus ou moins comme tout le monde, en avait été le premier surpris. Elle mouillait tellement qu'il n'avait eu aucun mal à la pénétrer et, dans ces circonstances périlleuses, ils jouirent tous deux très vite et très fort. Un matin qu'elle venait de se relever pour s'asseoir à son bureau, dans l'antichambre, et que lui, le visage encore congestionné, se rajustait, debout au milieu de la pièce, Clarence, le P-DG du groupe, ouvrit la porte et entra. « Où elle habite ? demanda-t-il. — Je ne sais pas. — Faites ça chez elle », lui enjoignit Clarence sévèrement, en quittant le bureau. Mais ils furent bien incapables d'arrêter ce qu'ils faisaient où ils le faisaient, et dans la position où ils le faisaient, même si ce numéro de haute voltige au bureau était un numéro à haut risque pour elle comme pour lui. Ils passaient leurs journées trop près l'un de l'autre pour s'arrêter. Ils n'avaient plus que ce scénario en tête : elle à quatre pattes sur la moquette, et lui troussant sa jupe, l'attrapant par les cheveux et, après avoir simplement écarté sa culotte, la pénétrant de toute sa vigueur en se fichant pas mal qu'on puisse les découvrir.

Et puis arriva le tournage à la Grenade. C'était lui qui supervisait les opérations ; avec le photographe qu'il avait engagé, ils choisirent les mannequins, dix en tout — il s'agissait d'une publicité pour des serviettes-éponge, qu'on tournerait devant un trou d'eau au milieu de la forêt tropicale ; chaque mannequin serait vêtue d'un peignoir de bain court, la serviette du client nouée en turban autour de la tête comme si elle venait de se laver les cheveux. Les dispositions avaient été prises, ils avaient le feu vert ; une fois dans l'avion, il s'était installé tout seul, pour pouvoir lire tranquille, somnoler, avoir la paix.

Ils firent escale sur une île des Caraïbes. Dans la salle d'attente, il jeta un coup d'œil autour de lui, aperçut les mannequins et les salua ; puis, tout le monde embarqua dans un avion plus petit, et un saut de puce les amena à leur destination, où les attendaient plusieurs voitures, dont une sorte de jeep, où il décida de monter avec l'une des filles, qu'il avait remarquée le jour où ils l'avaient engagée. C'était une Danoise nommée Merete, seul mannequin étranger et, à vingt-quatre ans, la doyenne de la troupe, les autres étant des Américaines de dix-huit dix-neuf ans. Il y avait donc le chauffeur, Merete au milieu, et lui-même contre la portière. La nuit était très noire, ils étaient serrés l'un contre l'autre, et il avait passé le bras sur le dossier du siège de la fille. Au bout de quelques minutes de route son pouce s'était retrouvé dans la bouche de la fille, et son mariage en péril, à son insu. Le jeune homme qui avait espéré ne jamais mener de double vie était sur le point de se pourfendre à la hache.

Une fois à l'hôtel, il s'installa dans sa chambre, mais passa presque toute la nuit à ne penser qu'à elle et, le lendemain matin, quand ils se retrouvèrent, elle lui dit : « Je t'ai attendu. » Tout s'était passé si vite, si fort. Ils avaient tourné toute la journée, en pleine forêt, au bord du trou d'eau ; ils avaient travaillé sérieusement et sans relâche jusqu'au soir ; et quand ils rentrèrent, il découvrit que l'assistante du photographe lui avait loué un bungalow sur la plage pour lui tout seul — il lui avait valu pas mal de contrats, d'où cette faveur ; il quitta donc l'hôtel pour s'y installer avec Merete, et ils vécurent trois jours ensemble sur la plage. Le matin de bonne heure, quand il rentrait de son bain, elle l'attendait devant le bungalow, vêtue de son seul bas de maillot, et ils s'y mettaient séance tenante, lui encore trempé après son bain prolongé. Les deux premiers jours, il titillait le tour de son cul du bout du doigt quand elle se penchait pour le prendre dans sa bouche, si bien qu'elle finit par lever la tête pour dire : « S'il te plaît tant que ça, mon petit trou, pourquoi tu t'en sers pas ? »

Bien sûr, il la revit à New York. Les jours où elle était libre, il allait chez elle entre midi et deux. Et puis, un samedi qu'il descendait la Troisième Avenue avec Phoebe et Nancy, il la vit passer sur le trottoir d'en face, la tête droite, de sa démarche souple de somnambule, dont l'assurance féline le ravageait à tous les coups : elle s'approchait du feu rouge de la Soixante-Douzième Rue, un sac à provisions au bras, et on aurait dit qu'elle traversait sereinement le Serengeti, cette Merete Jespersen de Copenhague, qu'elle broutait l'herbe de la savane parmi des milliers d'antilopes africaines. En ce temps-là, les mannequins n'étaient pas forcément fili-formes et, avant même d'avoir repéré sa démarche coulée, aperçu la gerbe dorée qui balayait son dos, il l'avait reconnue comme son trésor chéri, son trophée de grand chasseur blanc, au poids de ses seins dans son corsage et au léger renflement de son derrière, dont le petit trou leur procurait désormais de telles délices. Il ne trahit ni inquiétude ni émoi, mais ressentit aussitôt une fièvre violente, ainsi que l'urgence de lui téléphoner — il ne put penser à rien d'autre tout le reste de l'après-midi. Cette fois, il ne s'agissait plus de ravir la secrétaire sur la moquette du bureau. Cette fois, c'était la femelle qui affirmait sa suprématie brute sur son instinct de conser-vation à lui, instinct qui n'était pourtant pas des moindres. Cette fois, il prenait le risque le plus fou, le seul, il commençait vaguement à s'en apercevoir, qui pouvait foutre en l'air toute sa vie. L'idée l'effleura à peine qu'à cinquante ans, il se leurrait peut-être en croyant avoir trouvé un trou qui puisse remplacer tout le reste.

Quelques mois plus tard, il partit la rejoindre à Paris. Elle travaillait en Europe depuis six semaines, et ils avaient beau se téléphoner en secret jusqu'à trois fois par jour, cela ne suffisait pas à apaiser leur manque. Une semaine avant le samedi où Phoebe et lui avaient prévu de partir chercher Nancy, en colonie de vacances dans le New Hampshire, il raconta qu'il lui faudrait partir en Europe sur un tournage, ce week-end-là. Il prendrait l'avion le jeudi soir et serait de retour le lundi matin. Ezra Pollock, le directeur de clientèle, l'accompagnerait, et ils retrouveraient sur place l'équipe européenne. Il savait qu'Ez était en famille jusqu'à fin septembre, strictement injoignable car sur une toute petite île sans téléphone, au large de South Freeport dans le Maine, si loin du monde que les morses tenaient salon sur les rochers de l'île voisine. Il donna à Phoebe le nom et l'adresse de l'hôtel à Paris — après quoi il se demanda dix fois par jour si le jeu en valait la chandelle : risquer d'être découvert pour le seul plaisir de passer un week-end prolongé dans la capitale mondiale des amants. Mais Phoebe ne se doutait de rien ; la perspective d'aller chercher Nancy toute seule la réjouissait, elle était pressée de récupérer sa fille après la coupure de l'été, tout comme il mourait d'envie de voir Merete au bout d'un mois et demi de séparation. C'est ainsi qu'il décolla le jeudi soir, l'imagination rivée à son petit trou et à ce qu'elle aimait qu'il en fasse. Car ses songeries ne s'accrochèrent à rien d'autre pendant toute la traversée de l'Atlantique sur Air France.

La météo joua contre eux. L'Europe fut balayée par des vents d'altitude et des tempêtes sporadiques ; les avions ne purent décoller ni le dimanche ni le lundi. Il passa ces deux jours à l'aéroport avec Merete, qui l'avait accompagné pour s'accrocher à lui jusqu'à la dernière minute, mais, quand ils découvrirent qu'il n'y aurait pas de départ de Roissy avant le mardi au plus tôt, ils prirent un taxi pour rentrer rue des Beaux-Arts, rive gauche. Par chance, dans l'hôtel chic qu'elle adorait, leur chambre les attendait, avec ses miroirs fumés. Toutes les fois qu'ils prirent un taxi la nuit, ils jouèrent le même sketch impudent, comme par inadvertance, comme pour la première fois. Il laissait négligemment pendre sa main entre les cuisses de Merete, qui écartait les jambes juste assez pour lui permettre de remonter dans son fourreau de soie — tel un dessous chic porté dessus — et la branler ; pendant ce temps, le menton levé, elle suivait négligemment des yeux par la vitre baissée du taxi les vitrines illuminées, et lui, carré dans son siège, ne laissait rien paraître de sa fascination devant cette feinte indifférence alors même qu'il la sentait commencer à jouir. Merete poussait à son paroxysme tout ce qui relevait de l'érotisme. (Un peu plus tôt, dans une discrète joaillerie qui vendait des bijoux anciens, à deux pas de leur hôtel, il lui avait paré la gorge d'une babiole somptueuse, un pendentif serti de diamants et de grenats diamantins, avec sa chaîne en or d'origine. En fils compétent de son père, il demanda la loupe de joaillier pour examiner les pierres. « Qu'est-ce que tu cherches ? demanda Merete.

— Des crapauds, des fêlures, je regarde la couleur : si rien n'apparaît sous une loupe qui grossit dix fois, alors on peut dire que le diamant est sans défaut. Tu vois, c'est mon père qui s'exprime par ma bouche quand je parle bijoux. — Mais seulement dans ces cas-là. — Oui, quand je parle de toi, il n'y a que moi qui parle. » Qu'ils fassent les boutiques, qu'ils se promènent dans les rues, qu'ils prennent un café en bas de chez elle, il fallait qu'ils se séduisent en permanence. « Comment tu sais faire ça, tenir ce truc-là ? — La loupe ? — Comment tu fais pour tenir la loupe juste en fronçant l'arcade, comme ça ? — C'est mon père qui m'a appris. Tu fronces l'anneau de ton muscle, c'est une chose que tu sais faire, toi... — Alors, de quelle couleur est la pierre ? — Elle est bleue, bleu-blanc. Dans le temps, c'étaient les diamants les plus beaux. Mon père te dirait que ça reste vrai. Il dirait : "Au-delà de la beauté et du prestige, un diamant est éternel." Il adorait prononcer le mot "éternel". — On adore tous ce mot-là, dit Merete. — Comment ça se dit, en danois ? — *Uforgœngelig*, c'est tout aussi fabuleux. — Et si on le prenait ? » dit-il à l'antiquaire, qui, à son tour, relevant d'une pointe de français un anglais parfait qui s'accompagnait d'une rouerie non moins parfaite, susurra à la jeune compagne du monsieur d'âge mûr : « Mademoiselle a bien de la chance. *Une femme choyée*. » Le bijou coûtait autant, si ce n'était plus, que tout le stock de la boutique d'Elizabeth, du temps où, coursier pour son père, il apportait des bagues d'un quart ou d'un demi-carat, cent dollars pièce, à un homme assis sur son banc d'orfèvre, pour qu'il les remette aux mesures, dans son alcôve de Frelinghuysen Avenue, autour de 1942.) Dans le taxi qui roulait toujours, il retira son doigt poisseux du suc de la jeune femme, lui en parfuma les lèvres et le lui enfonça dans la bouche, pour qu'elle le caresse du bout de la langue, pour lui rappeler leur première rencontre, et ce qu'ils avaient eu l'audace de faire, sans se connaître, lui le quinquagénaire américain et elle la Danoise de vingt-quatre ans, qui traversaient une île caraïbe dans le noir, foudroyés ; pour lui rappeler qu'elle était à lui comme il était à elle. Deux adorateurs, un seul culte.

Un message de Phoebe l'attendait à l'hôtel : « Ta mère est gravement malade ; contacte-moi tout de suite. »

Il téléphona, pour apprendre qu'à quatre-vingts ans sa mère venait d'avoir une attaque, lundi à cinq heures du matin, heure de NewYork, et que son état était désespéré.

Il expliqua à Phoebe les conditions météo, et apprit que Howie était déjà en route, et que son père se trouvait au chevet de sa mère. Il nota le numéro de la chambre d'hôpital et Phoebe lui dit qu'elle allait partir elle-même pour le New Jersey dès qu'elle aurait raccroché, pour rester auprès de son père jusqu'à l'arrivée de Howie ; elle avait seulement attendu qu'il rappelle. « Je t'ai manqué de quelques minutes, ce matin, le réceptionniste m'a dit : "Monsieur et madame viennent de partir pour l'aéroport." »

— Oui, j'ai partagé un taxi avec l'assistante photographe.

— Non, tu as partagé un taxi avec la Danoise de vingt-quatre ans qui est ta maîtresse. Désolée, mais je ne peux plus fermer les yeux. J'ai fermé les yeux pour la secrétaire, mais cette fois, l'humiliation va trop loin. Paris, dit-elle sur un ton écœuré, les préparatifs, la préméditation, les billets, l'agence de voyage... je voudrais bien savoir lequel de vous deux a eu l'idée cucul de choisir Paris pour cette escapade romantique ? C'était bien, les petits dîners dans les restaurants de charme ? Il y avait quoi, au menu ?

— Mais qu'est-ce que tu racontes, Phoebe ? Tu dis n'importe quoi. Je prends le premier avion et j'arrive. »

Sa mère mourut une heure avant qu'il parvienne à l'hôpital d'Elizabeth. Son père et son frère étaient assis auprès du corps allongé sous les couvertures. C'était la première fois qu'il voyait sa mère sur un lit d'hôpital, alors qu'elle l'y avait vu à plusieurs reprises : comme Howie, elle avait toujours joui d'une excellente santé, et c'était elle qui accourait à l'hôpital pour soutenir le moral des autres. « On n'a pas encore dit aux infirmières qu'elle est morte, expliqua Howie, on a attendu, on voulait que tu la voies avant qu'ils l'emportent. » Ce qu'il vit fut le gisant d'une femme âgée, endormie. Ce qu'il vit fut une pierre, le poids sépulcral, lourd, marmoréen, qui dit : La mort, c'est la mort, voilà tout.

Il serra son père dans ses bras, et celui-ci lui tapota la main en lui disant : « C'est mieux ainsi. Tu n'aurais pas voulu qu'elle vive réduite à ça. »

Lorsqu'il prit la main de sa mère pour la porter à ses lèvres, il comprit qu'en l'espace de quelques heures il avait perdu les deux femmes dont le dévouement était le fondement de sa force.

À Phoebe, il mentit, mentit, mentit encore, mais en vain. Il lui dit qu'il était parti à Paris mettre un terme à sa liaison avec Merete. Il fallait qu'il le fasse de vive voix, et il se trouvait qu'elle travaillait là-bas.

« Mais à l'hôtel, pendant cette rupture, tu as bien dormi dans le même lit qu'elle ?

— On n'a pas dormi, elle a pleuré toute la nuit.

— Les quatre nuits ? Ça fait quand même beaucoup de larmes pour une Danoise de vingt-quatre ans, Hamlet lui-même n'a pas dû en verser autant.

— Phoebe, je suis allé lui dire que c'était fini, et c'est bien fini.

— Mais qu'est-ce que je t'ai fait pour que tu veuilles m'humilier à ce point ? Pourquoi vouloir déglinguer tout ce qu'il y a entre nous ? Notre vie était donc devenue si abominable ? J'ai beau faire, je n'en reviens pas. Moi qui n'avais jamais douté de toi, qui ne t'ai jamais posé de questions, aujourd'hui, je ne peux plus croire un seul mot de ta bouche. Je ne pourrai plus jamais croire à ce que tu me dis. Oui, tu m'as blessée, avec ta secrétaire, mais je n'ai rien dit. Tu ne te doutais pas que j'étais au courant, hein ? Si ?

— Non, je ne m'en doutais pas.

— Parce que je t'ai caché ce que j'en pensais, mais malheureusement je ne pouvais pas me le cacher à moi-même. Et voilà que tu me fais du mal avec cette Danoise, et que tu m'humilies en me mentant, mais cette fois je vais te dire ma façon de penser. Tu rencontres une femme intelligente, adulte, une vraie partenaire qui comprend la réciprocité. Elle te débarrasse de Cecilia, elle te donne une fille phénoménale, elle te change la vie du tout au tout, et toi, tout ce que tu trouves à faire pour la remercier, c'est de baiser cette Danoise. Chaque fois que je regardais ma montre, je me demandais quelle heure il était à Paris, et ce que vous pouviez bien être en train de faire. Comme ça tout le week-end. La confiance, c'est la base de tout, oui ou non ? Oui ou non ? »

Il avait suffi qu'elle prononce le nom de Cecilia pour que lui reviennent les tirades vindicatives que sa première femme infligeait à ses parents. Et voilà que, quinze ans plus tard, à sa grande horreur, cette Cecilia abandonnée s'était faite Cassandre : « Je lui souhaite bien du plaisir, à la Blanche Hermine ! Cette petite salope de quaker, franchement, je voudrais pas être à sa place. »

« On peut tout surmonter, avait repris Phoebe, même si la confiance est trahie, à condition que la faute soit avouée. Dans ce cas-là, on devient partenaires sur un autre registre, mais on peut rester partenaires. Tandis que le mensonge, le mensonge n'est qu'une manipulation minable, une manipulation méprisable de l'autre. On regarde l'autre agir selon des informations incomplètes, autrement dit s'humilier. C'est tellement banal, le mensonge, et en même temps, quand on te ment, tu n'en reviens pas. Les gens que vous bafouez, vous les menteurs, avalent tellement de couleuvres qu'ils finissent par baisser dans votre estime, malgré vous, n'est-ce pas ? Je suis sûre que les menteurs sont si habiles, si tenaces, si fourbes que c'est la personne à qui ils mentent qui finit par leur sembler sérieusement limitée. Vous en arrivez sans doute à oublier que vous mentez — ou alors vous vous dites que c'est un pieux mensonge, commis par gentillesse, pour épargner votre pauvre compagne asexuée. Vous pensez sans doute mentir par vertu, par générosité envers la pauvre gourde qui vous aime. Mais peut-être qu'il ne faut rien y voir d'autre qu'un mensonge, un mensonge de plus, dans une série de mensonges dégueulasses. Oh, pourquoi continuer, on connaît la chanson, dit-elle. L'homme perd tout désir pour sa femme, or justement, ça, il ne peut pas s'en passer. La femme est pragmatique. La femme est réaliste. Le désir n'est plus là, c'est vrai, elle-même a vieilli, elle n'est plus celle qu'elle était hier, mais la tendresse physique lui suffit, être au lit ensemble, dans les bras l'un de l'autre. La tendresse physique, la tendresse tout court, la camaraderie, la proximité... mais lui, non, il n'accepte pas. Parce que c'est un homme qui ne peut pas se passer de ça. Eh bien, mon garçon, tu vas devoir t'en passer, à présent. Tu vas devoir te passer de beaucoup de choses. Tu vas comprendre ce que c'est, de se passer des choses ! Ah, va-t'en, laisse-moi, je t'en prie. Je ne supporte pas le rôle où tu m'as reléguée. La pauvre femme sur le retour, aigrie par l'abandon, consumée par une jalousie infecte ! Enragée ! Repoussante ! Ah, je t'en veux pour ça, encore plus que pour le reste. Va-t'en, quitte cette maison. Je ne supporte pas de te voir avec ce masque de satyre qui a acheté une conduite ! Ne compte pas sur moi pour t'absoudre, jamais ! Il n'est pas question que je me laisse manquer de respect plus longtemps ! Va-t'en, je te prie, laisse-moi !

— Phoebe...

— Je t'interdis de prononcer mon nom ! »

Mais de fait, on connaît la chanson, et il n'est pas nécessaire de s'étendre davantage. Le soir même de l'enterrement de sa mère, Phoebe le mit dehors, et ils divorcèrent après avoir négocié un accord financier. Désireux de tirer les conséquences de son acte et de montrer qu'il assumait ses responsabilités, et souhaitant par-dessus tout se racheter aux yeux de Nancy, il épousa Merete quelques mois plus tard. Faute de mieux. Puisqu'il avait foutu sa vie en l'air pour une fille qui avait la moitié de son âge, autant aller jusqu'au bout de cette logique, et tout réparer en faisant d'elle sa troisième épouse — étant donné qu'il n'avait jamais eu l'astuce de miser sur une femme mariée pour pratiquer l'adultère ou tomber amoureux.

Il ne tarda pas à s'apercevoir que Merete ne se résumait pas à son petit trou, sauf à dire au contraire qu'elle était plus limitée que lui. Il découvrit qu'elle était incapable de réfléchir à quoi que ce soit sans être envahie, laminée d'incertitudes. Il découvrit l'ampleur de sa vanité et, malgré son jeune âge, sa peur morbide de vieillir. Il découvrit ses problèmes de carte verte, son redressement fiscal catastrophique qui provenait d'une négligence de plusieurs années à retourner un formulaire. Et quand on dut l'opérer des coronaires en urgence, il découvrit sa terreur de la maladie, et son inutilité face au danger. En somme, il découvrit un peu tard que tout ce qu'elle avait de hardiesse s'exprimait dans l'érotisme et que, si elle avait porté à leur paroxysme tous leurs jeux érotiques, c'était bien la seule affinité toute-puissante entre eux. Il avait troqué une femme-ressource contre une femme qui se lézardait à la moindre tension. Mais au lendemain de la catastrophe, l'épouser lui avait paru la manière la plus simple de couvrir son crime.

Sans la peinture, passer le temps devenait un supplice. Le matin il faisait une heure de marche, et en fin d'après-midi vingt minutes d'haltères, suivies d'une demi-heure de piscine, quelques longueurs sans forcer, régime recommandé par son cardiologue, et voilà, c'étaient les seuls événements de sa journée. Combien de temps peut-on passer à fixer l'océan, quand bien même on aime cet océan depuis qu'on est tout petit ? Combien de temps pouvait-il contempler le flux et le reflux sans se rappeler, comme n'importe qui dans une rêverie littorale, que la vie lui avait été donnée, à lui comme aux autres, par hasard, fortuitement, et une seule fois, sans raison connue ni connaissable ? Les soirs où il prenait sa voiture pour aller manger de la perche de mer grillée sur la terrasse d'une poissonnerie, tout au bout d'une passe où les bateaux partaient pour le large, sous le vieux pont mobile, il lui arrivait de faire une halte dans le village où il venait passer les grandes vacances en famille. Il descendait de voiture sur la route côtière, allait jusqu'à la jetée, et s'asseyait sur un banc face à la plage et la mer, cette mer fabuleuse, qui n'avait cessé de changer sans changer depuis qu'il était un petit garçon osseux bataillant avec les vagues. C'était le banc même où ses parents et ses grands-parents venaient s'asseoir pour prendre le frais, le soir, et profiter de la compagnie des voisins et amis qui passaient ; c'était la plage même où sa famille venait pique-niquer, prendre le soleil, où lui et Howie et leurs petits camarades allaient se baigner ; même si elle était aujourd'hui deux fois plus grande qu'à l'époque, grâce à des terrassements effectués depuis peu par l'armée. Malgré son ampleur nouvelle, c'était toujours sa plage, champ magnétique du souvenir, lorsqu'il se remémorait le meilleur de son enfance. Mais combien de temps l'homme peut-il passer à se rappeler le meilleur de l'enfance ? Et s'il profitait plutôt du meilleur de la vieillesse ? À moins que le meilleur de la vieillesse ne soit justement cette nostalgie du meilleur de l'enfance, de ce corps, jeune pousse de bambou, avec lequel chevaucher les vagues du plus loin qu'elles se formaient, les chevaucher bras pointés, telle une flèche dont la tige serait ce torse et ces jambes effilés, les chevaucher à s'en râper les côtes contre les galets pointus, les palourdes ébréchées, les débris de coquillages de la grève, pour ensuite se dresser, belliqueux, sur ses pieds, faire aussitôt volte-face, s'enfoncer flageolant jusqu'au genou dans le ressac, plonger et nager comme un fou vers les brisants renflés, jusqu'à l'Atlantique vert qui s'avançait à sa rencontre, roulait vers lui irrésistible comme cet avenir, réalité obstinée et, s'il avait de la chance, arriver à temps pour attraper la grosse vague suivante, et puis la suivante, et ainsi de suite, jusqu'à ce que la lumière rasante brasillant sur les vagues lui dise qu'il était temps de rentrer. Il revenait pieds nus, trempé, plein de sel, la puissance de cette mer immense lui bruissant encore aux oreilles ; il se léchait l'avant-bras pour sentir le goût de l'océan sur sa peau rôtie au soleil. Avec l'extase de cette journée passée à se faire chahuter par les vagues jusqu'à l'étourdissement, le goût et l'odeur le soûlaient ; il s'en fallait de peu qu'il ne plante les dents dans son corps pour en arracher un lambeau et savourer son existence charnelle.

À toute vitesse, sur les talons, il traversait le trottoir de béton qui avait conservé la chaleur du jour et, dès qu'il atteignait leur bungalow, le contournait jusqu'à la douche extérieure en contreplaqué détrempé, où le sable giclait de son maillot retiré d'un coup de pied pour le rincer sous le jet qui lui inondait la tête. La force homogène de la marée montante, l'épreuve du trottoir brûlant, le frisson brutal de la douche glacée, le bonheur de ses muscles tout neufs, toniques, et de ses membres graciles, de sa peau bronzée seulement marquée par la cicatrice pâle de la hernie, cachée au pli de son aine : il n'y avait rien dans ces jours d'août, une fois détruits les sous-marins allemands et écartée la menace de revoir des matelots noyés, rien qui ne fût merveilleusement clair. Et rien dans sa perfection physique qu'il ait la moindre raison de ne pas tenir pour acquis.

Après dîner, quand il rentrait chez lui, il essayait de s'installer pour lire. Il possédait une bibliothèque de livres d'art grand format qui occupait tout un pan de mur dans l'atelier. Il avait passé sa vie à les accumuler et à les étudier, mais, à présent, il ne pouvait pas s'asseoir dans son fauteuil pour en feuilleter un sans se sentir ridicule. Ce qu'il voyait aujourd'hui comme leur pouvoir d'illusion avait cessé d'agir sur lui et, par conséquent, ils ne faisaient qu'aggraver son sentiment d'être un amateur dérisoire, qui avait consacré sa retraite à une quête vaine.

Sinon à dose homéopathique, la compagnie des résidents de Starfish Village lui était insupportable. Contrairement à lui, beaucoup d'entre eux étaient capables d'entretenir toute une conversation sur le chapitre de leurs petits-enfants et, qui plus est, de trouver dans l'existence de ces petits-enfants des raisons d'exister eux-mêmes. Quand il était coincé avec eux, il éprouvait parfois un sentiment de solitude absolue. Et même les résidents plus intellectuels, qui s'exprimaient bien, n'étaient pas assez intéressants pour qu'il souhaite avoir avec eux autre chose que des contacts occasionnels. La plupart étaient installés dans leur couple depuis des décennies, et il leur restait une bonne mesure de félicité conjugale. Il avait donc toutes les peines du monde à dissocier le mari de sa femme pour aller déjeuner avec lui. Il avait beau contempler ces couples avec nostalgie, lorsque le soir tombait, ou le dimanche après-midi, il fallait penser au reste des heures de la semaine et, une fois surmonté son accès de mélancolie, il savait bien que leur vie n'était pas pour lui. Conclusion, il n'aurait jamais dû élire domicile dans une communauté comme celle-là. Il s'était déporté tout seul, alors qu'à son âge il était crucial de conserver les racines qu'il avait eues toutes les années où il dirigeait le service artistique de l'agence. La stabilité lui avait toujours insufflé des forces, la stase jamais. Or, ici, il stagnait. Il connaissait une absence totale d'apaisement, une stérilité déguisée en consolation, et impossible de revenir en arrière. Le sentiment d'aliénation l'avait rattrapé, « aliénation », mot désignant dans son vocabulaire un état qui lui était demeuré tout à fait étranger jusqu'au jour où son élève,

Millicent Kramer, l'avait employé, note discordante, pour se plaindre de son état de santé. Plus rien n'attisait sa curiosité, plus rien ne le comblait — ni la peinture, ni la famille, ni les voisins, rien, sauf les jeunes femmes qu'il voyait passer en courant devant lui sur la jetée, le matin. Mon Dieu, se disait-il, cet homme que j'ai pu être ! Cette vie qui m'entourait ! Cette force qui était la mienne ! Pas question d'aliénation, à l'époque. Jadis, j'ai été un être humain dans sa plénitude.

Il y avait en particulier une jeune femme à qui il ne manquait jamais de faire un signe de la main quand il la voyait passer, et, un matin, il partit à sa rencontre. Elle lui rendait toujours son salut, avec un sourire, après quoi, la mort dans l'âme, il la regardait poursuivre sa course. Cette fois-là, il l'arrêta en lui criant : « Mademoiselle, mademoiselle, il faut que je vous parle », et au lieu de lui adresser un signe de dénégation en bredouillant « Pas le temps » dans un souffle, comme il l'avait imaginé tout à loisir, elle fit demi-tour et s'approcha de l'escalier en planches menant à la plage, au sommet duquel il l'attendait ; elle se campa à un pas de lui, mains sur les hanches, en nage, créature minuscule et parfaitement formée. Le temps de reprendre son souffle, elle racla le sol du bout de sa chaussure de sport, comme un poney qui piaffe, tout en levant les yeux vers cet inconnu aux lunettes de soleil, qui devait mesurer pas loin d'un mètre quatre-vingt-dix, avec sa crinière grise ondulée. Le hasard avait voulu qu'elle ait travaillé sept ans dans une agence de publicité, à Philadelphie ; elle vivait ici, sur la côte, où elle profitait de ses quinze jours de vacances. Quand il mentionna l'agence new-yorkaise où il avait travaillé presque toute sa vie, elle fut terriblement impressionnée : son employeur était une figure de légende et, pendant dix minutes, ils eurent une de ces conversations de publicitaires qui l'avaient toujours ennuyé. Elle devait avoir dans les vingt-huit trente ans, mais elle était toute petite et, avec ses longs cheveux auburn frisés retenus en queue de cheval, son short, et son débardeur, on l'aurait prise pour une enfant de quatorze ans. Il se retenait en vain de baisser les yeux sur le renflement de ses seins, qui se soulevaient au rythme de sa respiration. Surtout, ne pas se préparer ce tourment. L'idée même insultait le bon sens, mettait en péril sa santé mentale. Son excitation était hors de proportion avec la situation présente, ou toute évolution ultérieure possible. Il ne lui fallait pas seulement dissimuler son état de manque ; pour ne pas devenir fou, il fallait faire une croix dessus. Pourtant, il s'obstinait dans sa stratégie, espérant trouver malgré tout une formule susceptible de lui épargner la défaite. Il dit : « Je vous ai remarquée, quand vous faites votre jogging. » Elle le surprit en répondant : « J'ai bien remarqué que vous m'aviez remarquée. — Vous êtes partante ? » s'entendit-il lui demander, non sans penser que cette aventure le dépassait désormais, et que tout allait beaucoup trop vite ; il se sentait, si c'était possible, plus téméraire encore que le jour où, à Paris, il avait déployé autour du cou de Merete ce pendentif qui valait une fortune. Phoebe, son épouse dévouée, et Nancy, son enfant chérie, étaient à New York, attendant son retour ; il avait parlé à Nancy la veille au téléphone, à quelques heures de son retour de colonie de vacances, ce qui ne l'avait pas empêché de dire à l'antiquaire : « On va le prendre. Pas besoin de nous faire un paquet. Viens, Merete, laisse-moi te l'attacher. Je me suis fait les dents sur ces fermoirs ; ça s'appelle un fermoir tubulaire. Dans les années trente, c'était sans doute le plus sûr pour une pièce comme celle-ci. Viens là, tends ton cou. » « Qu'est-ce que vous avez en tête ? » avait répondu la joggeuse hardiment, si hardiment qu'il s'était senti désarçonné, en peine de repartie, ignorant jusqu'à quel point il pouvait se permettre d'être direct. Elle avait le ventre bronzé, les bras minces, le fessier ferme et saillant, les jambes élancées et musclées, et les seins volumineux pour une créature qui ne mesurait guère plus d'un mètre cinquante. Elle possédait les courbes voluptueuses d'une pin-up de Vargas sur les illustrations des vieux magazines des années quarante, mais c'était une Vargas miniature, une pin-up enfant, voilà pourquoi, d'ailleurs, il lui avait fait un signe de la main, la première fois.

Il avait dit « Vous êtes partante ? » et elle avait répondu « Qu'est-ce que vous avez en tête ? » Et maintenant ? Il retira ses lunettes de soleil pour qu'elle voie ses yeux baissés vers elle. Est-ce qu'elle mesurait bien les sous-entendus de la réponse qu'elle venait de lui faire ? Ou bien est-ce qu'elle avait dit ça pour dire quelque chose, pour paraître maîtresse d'elle-même alors qu'elle était inquiète, au contraire, dépassée par la situation ? Trente ans plus tôt, il n'aurait jamais douté de faire la conquête de cette fille, malgré sa jeunesse, et la crainte d'essuyer une rebuffade ne l'aurait même pas effleuré. Mais il était perdu, le plaisir de la confiance en soi, et avec lui la composante ludique, si palpitante, de l'échange. Il faisait de son mieux pour dissimuler son anxiété — son envie folle de toucher, le désir poignant que lui inspirait un corps comme celui-là, la vanité de toute l'affaire, et sa propre insignifiance — et il faut croire qu'il y parvint car, lorsqu'il sortit un papier de son portefeuille pour lui écrire son numéro de téléphone, au lieu de faire la moue et de s'enfuir en se moquant de lui, elle le prit avec un mignon sourire de chat, qu'on aurait bien vu s'accompagner d'un ronronnement. « Vous savez où je vis », dit-il tout en se sentant bander dans son pantalon, à une vitesse magique, incroyable, comme s'il avait quinze ans. Tout en ressentant aussi cette impression aiguë d'individualisation, de singularité sublime, qu'offre une nouvelle aventure sexuelle, ou une histoire d'amour, contrairement à la maladie grave, qui vous dépersonnalise en vous neutralisant. Elle le dévisageait de ses grands yeux bleus expressifs. « Vous avez quelque chose d'original, lui dit-elle, pensive. — Eh oui, lui répondit-il en riant, je suis né en 1933. — Vous m'avez l'air en pleine forme. — Et vous aussi, vous m'avez l'air en pleine forme. Vous savez où me trouver », répéta-t-il. En un geste charmant, elle agita le papier comme une clochette, et il la vit avec délices le fourrer dans son débardeur trempé de sueur, avant de reprendre sa course le long de la jetée.

Elle ne l'appela jamais, et jamais il ne la revit à l'heure de ses promenades. Elle avait sans doute décidé d'aller jogger sur une autre portion de jetée, lui déniant ainsi le baroud ultime qu'il appelait de ses vœux.

Peu après son coup de folie pour la pin-up enfant, en short et débardeur, il décida de vendre sa résidence et de rentrer à New York. Quitter le bord de mer lui apparaissait comme un échec, un échec presque aussi amer que celui qu'il connaissait en tant que peintre depuis six mois. Avant le 11-Septembre, il songeait déjà à prendre sa retraite dans les conditions où il avait effectivement vécu ces trois années, et il n'avait vu dans le désastre de l'attentat qu'un déclic opportun pour franchir le pas, alors qu'en fait il marquait le début de sa fragilisation, l'origine même de son exil. Mais à présent, il allait vendre cette résidence, et tâcher de se trouver quelque chose à New York, à côté de chez Nancy, dans l'Upper West Side. Comme le prix de la résidence avait quasiment doublé en trois ans, il pourrait peut-être s'offrir, tout près de l'université Columbia, un appartement assez spacieux pour y vivre tous les quatre. Il paierait les dépenses courantes, et Nancy pourrait vivre de sa pension alimentaire. Elle n'aurait plus à travailler que trois jours par semaine, et pourrait en passer quatre avec les enfants, ce qu'elle n'avait pu faire, faute de moyens plutôt que d'envie, au retour de son congé de maternité. Nancy, les jumeaux, et lui. L'idée valait la peine qu'il la lui soumette. Elle ne serait peut-être pas fâchée de son assistance, et il souhaitait ardemment la compagnie d'une proche à qui donner autant qu'il recevrait d'elle — un rôle sur mesure pour Nancy.

Il s'accorda une quinzaine de jours pour déterminer la viabilité du projet, et juger s'il risquait de révéler sa détresse. Au bout du compte, il décida dans un premier temps de ne rien dire, et de passer d'abord une journée à New York pour voir s'il était possible de dénicher un appartement dans ses prix, qui soit assez spacieux pour les héberger tous les quatre confortablement. C'est alors qu'une cascade de coups de téléphone lui apprit de mauvaises nouvelles, de Phoebe d'abord, puis de trois anciens collègues.

Peu après six heures et demie, Nancy l'appela de l'hôpital pour lui annoncer que Phoebe venait d'avoir une attaque. Sa mère l'avait appelée une heure plus tôt pour se plaindre d'un malaise et, le temps que Nancy l'emmène aux urgences, son bras refusait de bouger, et elle avait tellement de mal à parler qu'on la comprenait à peine. Elle venait de passer une IRM et se reposait à présent dans sa chambre.

« Mais comment ça, une attaque ? Une femme restée aussi jeune, aussi saine que ta mère ? Est-ce que ça a quelque chose à voir avec ses migraines ? Ça pourrait venir de là ?

— Les médecins pensent que ça vient du traitement contre les migraines, dit Nancy. C'était la première fois qu'un traitement agissait. Elle savait que le médicament comportait un risque infime de provoquer une attaque, oui, elle l'avait bien compris. Mais quand elle a découvert qu'il agissait, qu'elle était débarrassée de cette douleur pour la première fois depuis cinquante ans, alors elle a décidé de prendre le risque. Elle venait de passer trois ans miraculeusement épargnés par la douleur : un vrai bonheur.

— Jusqu'à présent, dit-il tristement, jusqu'ici. Tu veux que j'aille la voir ?

117

— Je te le dirai. On va voir comment les choses évoluent. Ils pensent qu'elle est tirée d'affaire.

— Elle va récupérer toutes ses facultés ? Elle pourra parler ?

— Le docteur dit que oui. Il pense qu'elle va récupérer à cent pour cent.

— Formidable », dit-il, tout en songeant : On verra ce qu'il en pensera dans un an.

Sans qu'il le lui demande, Nancy lui expliqua : « Quand elle quittera l'hôpital, elle va s'installer chez moi. Dans la journée, Matilda sera là. » Matilda était la nounou originaire d'Antigua qui s'occupait des enfants depuis que Nancy avait repris le travail.

« Très bien, dit-il.

— Elle va récupérer à cent pour cent, mais la rééducation va prendre du temps. »

Il s'était proposé d'aller à New York prospecter pour un appartement et, au lieu de cela, après avoir consulté Nancy, il alla voir Phoebe, après quoi, le soir même, il rentra sur la côte, reprendre son existence solitaire. Nancy, les jumeaux et lui — ça ne tenait pas debout, de toute façon, et puis ça aurait été injuste, car il aurait trahi le serment qu'il s'était fait de maintenir une cloison étanche entre sa fille trop affectueuse et les tracas et faiblesses d'un homme vieillissant. À présent que Phoebe était si gravement touchée, la volte-face rêvée était exclue, et il résolut de ne plus jamais nourrir ce genre de projet impliquant sa fille. Il ne voulait pas qu'elle le voie dans cet état.

Il trouva Phoebe sur son lit d'hôpital, sonnée. Outre l'aphasie causée par son attaque, elle parlait d'une voix presque inaudible, et elle avait du mal à déglutir. Il dut s'asseoir tout contre son lit pour comprendre ce qu'elle lui disait. Leurs corps n'avaient pas été aussi proches depuis deux bonnes décennies, depuis qu'il était parti rejoindre Merete à Paris, et que sa mère avait eu cette attaque fatale.

« C'est terrifiant, la paralysie », lui dit-elle en baissant les yeux vers son bras droit inerte. Il hocha la tête. «Tu regardes ton bras, tu lui dis de bouger... » Il attendit la suite ; les yeux ruisselants de larmes, elle tentait de finir sa phrase. Voyant qu'elle n'y arrivait pas, il compléta doucement : « Et il refuse. » Cette fois, ce fut elle qui hocha la tête, et il se souvint du torrent de paroles incendiaires qui avait stigmatisé sa trahison. Comme il aurait voulu qu'elle l'inonde sous cette lave, aujourd'hui. Tout, n'importe quoi, un réquisitoire, une protestation, un poème, un slogan pour American Airlines, la page des petites annonces dans le *Reader's Digest* — n'importe quoi, pourvu qu'elle recouvre l'usage de la parole ! Phoebe, si diserte, jongleuse de mots, Phoebe, si franche, si ouverte, réduite au silence ! «Tu imagines l'horreur ! » lui dit-elle avec effort.

Sa beauté, déjà fragile au départ, était fracassée, mise en pièces, et sa longue silhouette paraissait rabougrie sous le drap d'hôpital, déjà en voie de décomposition. Comment le docteur avait-il eu le front de dire à Nancy que l'attaque impitoyable qui venait de foudroyer sa mère n'aurait pas de séquelles ? Il se pencha pour lui caresser les cheveux, ses cheveux blancs si doux, en luttant lui-même contre les larmes, et en se rappelant les migraines, la naissance de Nancy, le jour où il avait rencontré Phoebe Lambert, à l'agence, jeune fille fraîche, effarouchée, d'une innocence captivante, une jeune fille comme il faut qui, contrairement à Cecilia, ne connaissait pas les séquelles d'une enfance chaotique ; tout en elle était sain, aucune tendance aux crises — sans être simplette pour autant. Pur produit de la Pennsylvanie quaker et de l'université Swarthmore, en matière de naturel, on n'aurait pas trouvé mieux. Il se souvenait de l'avoir entendue réciter de mémoire, à sa demande, sans la moindre ostentation et dans un vieil anglais impeccable, le prologue des *Contes de Cantorbéry*. Et puis il y avait ces expressions curieusement désuètes, qu'elle tenait d'un père un peu compassé : « Cela ne se conçoit pas sans peine » ou « On pourrait avancer sans exagération aucune » ; ces formules auraient suffi pour qu'il tombe amoureux d'elle, même s'il n'y avait pas eu la « première vue », le coup de foudre, le jour où elle était passée devant la porte ouverte de son bureau, jeune femme posée, concentrée sur son idée, la seule du bureau à ne pas mettre de rouge à lèvres, grande, pas de poitrine, les cheveux blonds ramenés en arrière pour découvrir son long cou et les petits lobes de ses délicates oreilles d'enfant. « Pourquoi est-ce que vous riez, parfois, des choses que je dis ? lui demanda-t-elle, la deuxième fois qu'il l'invita à dîner. Pourquoi est-ce que ça vous fait rire, alors que je parle sérieusement ? — Parce que vous me charmez, et que vous n'avez pas conscience de votre charme. » « Il me reste tant de choses à apprendre », lui dit-elle quand il la raccompagna en taxi ; il répondit tout bas, sans trahir l'urgence de son désir : « Je vous les apprendrai », et elle dut se cacher le visage dans ses mains. « Je suis en train de

rougir. Je rougis facilement. — Comme tout le monde »,
lui dit-il. Il était convaincu qu'elle avait rougi parce
qu'elle pensait que l'apprentissage dont il parlait ne portait pas sur leur sujet de conversation — toutes les œuvres
d'art qu'elle n'avait jamais vues — mais sur l'ardeur au
plaisir ; et c'était le cas. Dans ce taxi, il ne songeait pas à
lui faire voir les Rembrandt du Metropolitan Museum, il
pensait à ses longs doigts, à sa grande bouche — ce qui ne
l'empêcha pas de l'emmener bientôt non seulement au
Met, mais au Musée d'art moderne, à la Frick et au Gug-
genheim. Il la revoyait retirer son maillot de bain, à l'abri
des dunes. Il les revoyait tous deux, plus tard dans l'après-
midi, rentrer à la nage. Il revoyait la noblesse de sa droi-
ture. Malgré elle, elle rayonnait. Il n'aurait jamais cru
trouver si excitante, en tout point, cette femme sans
détours et sans artifices. Il se rappela lui avoir dit : « Je ne
peux plus vivre sans toi. » Elle avait répondu : « Personne
ne m'a jamais dit ça » ; et il avait avoué : « Je ne l'ai jamais
dit à personne non plus. »
L'été 1967. Elle avait vingt-six ans.

Et puis, le lendemain, il eut des nouvelles d'anciens
collègues, des gens avec qui il travaillait, à la table desquels il lui arrivait souvent de déjeuner, du temps de
l'agence. Le premier était un directeur de la création
nommé Brad Karr, qu'on venait d'hospitaliser pour
dépression suicidaire, le second, Ezra Pollock, était
atteint d'un cancer en phase terminale, à soixante-dix
ans. Quant au troisième, son ancien patron, gros bonnet
gentil et lucide, qui décrochait les contrats les plus
juteux de la société, qui s'occupait de ses employés pré-

férés avec un soin quasi maternel, qui souffrait de problèmes cardiaques et des séquelles de son attaque depuis des années, il fut stupéfait de découvrir sa photo dans le *Times*, à la rubrique nécrologique. « Clarence Spraco, aide de camp d'Eisenhower pendant la guerre, et publicitaire aux idées novatrices ; il avait 84 ans. »

Il appela aussitôt la femme de Clarence, dans la propriété des Berkshires où ils avaient pris leur retraite.

« Bonjour, Gwen.

— Salut, toi, comment vas-tu ?

— Moi ça va, mais toi ?

— Je m'en sors. Mes enfants sont venus me voir. Je suis très entourée, très aidée. J'aurais tant de choses à te dire. On a beau s'y attendre, on n'est jamais prêt. Quand je suis rentrée, que je l'ai trouvé mort sur le plancher, ça a été un choc terrible. Ça faisait deux heures qu'il était mort, il avait dû mourir vers l'heure du déjeuner, moi j'étais sortie, et voilà. Il a eu une belle mort, tu sais. Une mort subite, qui lui a évité la deuxième attaque, l'invalidité, l'hôpital.

— C'est une attaque ou une crise cardiaque ?

— C'est un infarctus du myocarde.

— Il avait eu des malaises ?

— C'est-à-dire, sa tension, enfin, il avait des problèmes de tension. Le week-end dernier, ça n'allait pas fort, la tension était remontée.

— Les médicaments n'arrivaient pas à la faire baisser ?

— Si, il en a pris de toutes sortes. Mais ses artères étaient trop abîmées. Tu comprends, quand les artères sont vieilles et abîmées, il vient un moment où le corps s'épuise. Et puis, il était tellement las. Il y a deux nuits, il me disait : "Je suis tellement las." Il voulait vivre, mais il n'y avait plus moyen de le maintenir en vie. La vieillesse est une bataille, tu verras, il faut lutter sur tous les fronts. C'est une bataille sans trêve, et tu te bats alors même que tu n'en as plus la force, que tu es bien trop faible pour livrer les combats d'hier.

— On lui a rendu un bel hommage, aujourd'hui, dans le journal. Il a été salué comme un homme hors du commun. J'aurais bien aimé pouvoir apporter mon propre témoignage sur cette extraordinaire faculté qu'il avait de reconnaître la valeur de ses collaborateurs. En voyant sa photo aujourd'hui, je me suis rappelé la fois où un client m'avait emmené déjeuner au Four Seasons, il y a des années. Au moment où on descendait les escaliers du hall, voilà qu'on se cogne à Clarence. Mon client, qui était d'humeur expansive, lui dit : "Clarence ! comment allez-vous ? Vous connaissez ce jeune directeur artistique ?" Et Clarence : "Si je le connais ? Dieu merci, je le connais, et Dieu merci, l'agence le connaît." Il faisait ça souvent, et pas seulement avec moi.

— Il te tenait en haute estime, tu sais, tu peux croire qu'il était sincère. Il t'a sorti du vivier des jeunes talents, alors que tu étais à l'agence depuis à peine un an. Il me l'a dit le soir même, en rentrant à la maison. Il savait repérer la créativité, et il t'a sorti du lot avant même que tu aies fait tes classes en créant des brochures.

— Il a toujours été bon avec moi. Pour moi, c'était le général.

— Colonel, seulement, sous Eisenhower.

— Pour moi, c'était le général. Je pourrais te raconter des dizaines d'histoires qui me reviennent. » Sa suggestion qu'il baise la secrétaire à domicile plutôt qu'au bureau n'en faisait pas partie.

« Je t'en prie, vas-y, quand tu parles de lui, j'ai l'impression qu'il est encore là, dit Gwen.

— Eh bien par exemple, une année, on a travaillé deux ou trois semaines d'affilée jusqu'à minuit, quand c'était pas deux ou trois heures du matin, sur le pitch Mercedes Benz. C'était vraiment le contrat du siècle, et on bossait comme des brutes, mais au bout du compte, ça nous est passé sous le nez. Et quand tout a été terminé, Clarence m'a dit : "Ta femme et toi, vous allez partir en week-end prolongé à Londres, j'y tiens. Vous descendrez au Savoy, parce que c'est mon hôtel préféré, et vous irez dîner au Connaught. C'est moi qui offre." C'était un cadeau princier, pour l'époque, et pourtant on n'avait pas décroché le contrat. Voilà ce que j'aurais voulu dire aux journaux, avec des tas d'autres anecdotes du même style.

— En tout cas il a eu une presse formidable, dit Gwen, même ici. Il y a eu un article dans le *Berkshire Eagle*, aujourd'hui, un long article très élogieux, avec une photo sensationnelle. On fait grand cas de son rôle dans la guerre, où il était le plus jeune colonel de toute l'armée. Je crois que ça l'aurait amusé, de se voir reconnu de cette façon ; ça lui aurait fait plaisir.

— Dis-moi, je te trouve une bonne voix, pour l'instant.

— Eh oui, bien sûr, pour le moment, ça va. J'ai à faire, je suis très entourée. Le plus dur reste à venir, quand je vais me retrouver toute seule.

— Qu'est-ce que tu comptes faire ? Tu vas rester dans le Massachusetts ?

— Pour l'instant, oui. On en avait parlé, avec Clarence. Je lui avais dit : Si c'est moi qui reste, je vends la maison et je retourne à New York. Mais les enfants m'en ont dissuadée, ils veulent que je me donne un an de réflexion.

— Ils ont sans doute raison. On regrette parfois d'avoir agi sur le coup.

— Oui, je crois. Et Nancy, comment va-t-elle ?

— Elle va bien.

— Chaque fois que je pense à elle quand elle était enfant, je souris toute seule. C'était la vie même, cette petite. Je vous revois tous deux chez nous, en train de chanter *Smile*. On habitait Turtle Bay, c'était un après-midi, ça ne nous rajeunit pas...Tu lui avais appris cette chanson. Elle devait avoir six ans à peine. "Smile though your heart is aching..." Comment ça dit, déjà ? "Smile even though it's breaking..." Tu lui avais acheté le disque, par Nat King Cole. Tu t'en souviens ? Moi, oui.

— Moi aussi.

— Et elle, tu crois qu'elle s'en souvient ?

— J'en suis sûr. Gwen, dis-toi que je suis de tout cœur avec toi.

— Merci, mon ami. Une foule de gens ont appelé, le téléphone n'arrête pas de sonner depuis deux jours. Les gens pleurent, les gens me disent à quel point il comptait pour eux. Si seulement il voyait tout ça ! Il savait qu'il avait fait son chemin, mais n'empêche qu'il avait besoin d'être rassuré, comme tout le monde.

— Il était d'une importance primordiale pour nous tous. Bon, écoute, on se reparle bientôt.

— D'accord, merci de ton appel, ça m'a fait du bien. »

Il attendit d'avoir retrouvé une voix normale pour reprendre le téléphone. La femme de Brad Karr lui indiqua dans quel hôpital de Manhattan il était interné en psychiatrie, et il put obtenir la ligne directe avec sa chambre. Il se rappelait la fois où ils avaient réalisé une pub style « tranche de vie » pour les cafés Maxwell ; deux jeunes gars d'une vingtaine d'années, débutants tous deux, rédacteur-concepteur et directeur artistique ; leur tandem avait explosé les scores de mémorisation le lendemain. Ils avaient obtenu 34 points, c'est-à-dire le plus haut score de toute l'histoire de Maxwell. Il se trouva que c'était le déjeuner de Noël du groupe, et Brad, sachant que Clarence allait passer, avait fait confectionner par son acolyte des badges en carton avec un 34 marqué dessus ; tout le monde avait mis le sien, et Clarence, qui avait fait un saut pour les féliciter, en arborait un lui-même : ils étaient lancés.

« Allô, Brad ? C'est ton vieux pote qui t'appelle depuis les rivages du New Jersey.

— Allô, allô, salut, toi.

— Eh ben alors, bonhomme, qu'est-ce qui t'arrive ? J'ai appelé chez toi il y a cinq minutes, j'avais envie de t'entendre, depuis le temps, et voilà que Mary me dit que tu es à l'hôpital. C'est elle qui m'a donné tes coordonnées. Comment ça va ?

— Bah, pas si mal, vu les circonstances.

— Comment tu te sens ?

— Je préférerais être ailleurs.

— C'est vraiment dur ?

— Ça pourrait être pire. Je veux dire que l'hosto est nickel, ça va. Je te dis pas que j'y viendrais en villégiature, mais ça va.

— Tu es là depuis combien de temps ?

— Ça va faire une semaine. » Mary Karr venait de lui dire qu'il y était depuis un mois, et que c'était son deuxième séjour de l'année, avec une période intermédiaire peu brillante. Brad avait l'élocution malaisée, le débit très lent (sans doute à cause du traitement), la voix lourde de désespoir. « J'espère sortir bientôt.

— Qu'est-ce que tu fais, toute la journée ?

— Euh, des découpages, des trucs comme ça, j'arpente le couloir, j'essaie de garder toute ma tête.

— C'est tout ?

— Je suis mon traitement, je prends des médicaments, j'ai l'impression d'être devenu une pharmacie ambulante.

— Tu prends autre chose que des antidépresseurs ?

— Ouais. Enfin, c'est assez chiant. C'est pas des tranquillisants, c'est des antidépresseurs. Ça marche, je crois.

— Et tu arrives à dormir ?

— Oh oui. Au début j'ai eu un peu de mal, mais ils ont résolu le problème.

— Tu parles à un médecin, dans la journée ?

— Ouais ! » Brad se mit à rire, et pour la première fois il le retrouva tel qu'en lui-même. « Il est nul, ce médecin, il est bien gentil, il me dit de me secouer, et que tout ira très bien.

— Bradford, tu te rappelles la fois où t'en voulais à Clarence pour je ne sais quoi, et tu lui avais donné ton préavis de quinze jours ? Je t'avais déconseillé de quitter la boîte, mais tu m'avais répondu que tu avais démissionné. "Remissionne-toi", je t'ai dit, et tu l'as fait. Il n'y avait vraiment que Clarence et cette agence-là pour supporter un cinéma pareil de la part d'un simple rédacteur-concepteur. Tu l'as fait deux fois, en plus, si je me souviens bien, et ça t'a pas empêché de rester encore dix ans. »

Il avait réussi à faire rire Brad pour la deuxième fois : « Ouais, j'ai toujours été un peu dingue.

— On a travaillé un paquet d'années, tous les deux. On est restés ensemble je ne sais combien d'heures, des centaines, des milliers peut-être, sans rien dire, dans ton bureau ou dans le mien, pour trouver des idées.

— C'était quelque chose.

— Tu l'as dit. Et toi, t'étais quelqu'un, aussi, tâche de ne pas l'oublier.

— Merci, mon pote.

— Bon, et alors, quand est-ce que tu sors, d'après toi ?

— Écoute, je sais pas vraiment, ça va être l'affaire d'une ou deux semaines. Depuis que je suis arrivé, je me sens bien moins déprimé que chez moi. Je me sens presque calme et posé. Je me dis que je vais m'en sortir.

— Tant mieux, j'en suis ravi. Je te rappelle. J'espère que je te trouverai dans de meilleures circonstances très bientôt.

— O.K., merci d'avoir appelé. Ça m'a fait très plaisir. »

Une fois qu'il eut raccroché, il se demanda : Est-ce qu'il m'a reconnu ? Est-ce qu'il se rappelait vraiment les mêmes choses que moi ? À sa voix, je dirais qu'il n'est pas près de sortir.

Puis le troisième coup de fil, qu'il ne put s'empêcher de donner, même si l'hospitalisation de Brad, la mort de Clarence et les séquelles de l'attaque chez Phoebe lui donnaient ample matière à réflexion. Sans compter les souvenirs de Gwen, la chanson *Smile* qu'il avait appris à Nancy à chanter comme Nat King Cole. Ce coup de fil-là s'adressait à Ezra Pollock, à qui l'on ne donnait plus qu'un mois à vivre, mais qui décrocha d'une voix d'homme heureux et comblé, crâneur comme de coutume.

« Ez, dit-il, qu'est-ce que tu mijotes, tu as l'air euphorique.

— Faire la conversation me met en joie, c'est le seul plaisir qui me reste.

— Et tu ne déprimes pas ?

— Pas du tout, j'ai pas le temps. Je suis gonflé à bloc, fit Ez en riant. Tu comprends, j'y vois clair, à présent.

— Sur ton cas aussi ?

— Oui, tu vas peut-être pas me croire, mais j'arrête le baratin et je reprends tout à zéro. J'ai commencé à écrire mes mémoires de publicitaire. Avant de partir, il faut savoir regarder les choses en face, mon pote. Si je m'en sors, je vais écrire un bon bouquin.

— Alors n'oublie pas de raconter la fois où tu es entré dans mon bureau en disant : "Urgence technique, il me faut ce storyboard sur mon bureau demain matin."

— Ça a marché, non ?

— Tu étais très réactif, un jour je t'ai demandé pourquoi cette connerie de lessive était si douce pour les mains délicates des dames, et tu m'as envoyé un topo de vingt pages sur l'aloès. J'ai eu le prix des directeurs artistiques pour cette campagne, mais c'était grâce à ta doc, le prix te revenait, en fait. Quand tu iras mieux, on va déjeuner ensemble, et je t'apporterai le trophée.

— Tope-là, dit Ez.

— Et pour la douleur ? Tu as mal ?

— Oui, ça fait mal, j'ai mal. Mais j'ai appris à gérer la douleur. J'ai un traitement spécial, sans compter les médecins, j'en ai cinq, pas un de moins. L'oncologue, l'urologue, le généraliste, le spécialiste des soins palliatifs, et l'hypnothérapeute pour m'aider à surmonter les nausées.

— D'où elles viennent, ces nausées, du traitement ?

— Oui, mais du cancer aussi. Je vomis copieusement.

— Et c'est ça le plus dur ?

— Parfois, j'ai l'impression que je vais chier ma prostate.

— On peut pas te la retirer ?

— Ça servirait à rien, c'est trop tard. En plus, c'est une opération lourde. J'ai perdu beaucoup de poids, je manque de globules rouges. Ça m'affaiblirait, et puis il faudrait que j'arrête le traitement. On te raconte que le cancer de la prostate progresse lentement, tu parles ! Il est foudroyant, oui ! À la mi-juin j'avais rien, et à la mi-août elle avait trop grossi pour être opérable. Pour te dire. Alors, fais gaffe à la tienne, mon gars.

— Je suis bien désolé de l'apprendre. Mais je me réjouis que tu aies une aussi bonne voix. Tu es semblable à toi-même, en pire.

— Je voudrais écrire ces mémoires, c'est tout. Depuis le temps que j'en parle, il faut que je m'y mette. Je voudrais raconter tout ce qui m'est arrivé dans ce bizness. Si j'arrive à rédiger mes mémoires, j'aurai dit aux gens qui je suis. Si j'y arrive, je mourrai avec le sourire. Et toi, au fait, tu travailles dans la bonne humeur ? Tu peins ? Tu avais toujours dit que tu te mettrais à la peinture, tu l'as fait ?

— Oui, oui, je peins tous les jours, c'est bien, dit-il, préférant mentir.

— Eh bien moi, j'ai pas pu l'écrire, ce livre, tu sais. Quand j'ai pris ma retraite, j'ai fait des blocages, et dès que j'ai eu ce cancer, mes blocages ont disparu. À présent, j'écris comme je veux.

— C'est cher payer quand même, pour liquider l'angoisse de la page blanche.

— Ouais, je suis d'accord, faut pas m'imiter. Tu sais, il est possible que je m'en sorte. Si je m'en sors, on déjeune ensemble, et tu me donnes la statue. Si je m'en sors, les médecins disent que je pourrai mener une vie normale. »

S'il avait déjà droit aux soins palliatifs, il semblait improbable que les médecins lui aient dit une chose pareille. À moins qu'ils ne l'aient dite pour lui remonter le moral, ou qu'il se soit figuré qu'ils l'avaient dite, ou que ce soit un effet de son arrogance — cette arrogance incorrigible, superbe, qui était la sienne. « Bon, moi je te soutiens à bloc, Ez, si tu as envie de me parler, tu m'appelles. » Il lui donna son numéro.

« Bien, dit Ezra.

— Je suis chez moi tout le temps. Si tu te sens d'humeur, n'hésite pas, appelle-moi, n'importe quand. Promis ?

— Promis, super.

— Bon, très bien, au revoir, alors.

— Au revoir, à bientôt, tu peux commencer à l'astiquer, ta statue. »

Des heures après ces trois coups de fil consécutifs, avec la banalité, la futilité prévisible des bonnes paroles prodiguées, les efforts pour faire revivre le bon vieux temps en rappelant des souvenirs à ses collègues, pour trouver les mots propres à les réconforter, à les arracher des bords du gouffre, c'était lui qui avait grand besoin de téléphoner, et pas seulement à sa fille, que son appel trouva au chevet de Phoebe, mais aussi à ses propres parents. Pourtant, ce qu'il avait appris n'était rien comparé à l'inévitable siège que l'homme doit soutenir en fin de vie. S'il avait connu la souffrance mortelle de chaque homme, de chaque femme croisés pendant sa vie active, s'il avait connu leur douloureux parcours fait de regret, de deuil, de stoïcisme, de peur, de panique, de terreur, s'il avait découvert toutes les choses auxquelles ils avaient dû dire adieu alors même qu'elles leur étaient si vitales, s'il avait connu le détail de leur destruction en règle, il lui aurait fallu rester au bout du fil toute la journée et une partie de la nuit, à passer encore une centaine d'appels. Ce n'est pas une bataille, la vieillesse, c'est un massacre.

Lorsqu'il se rendit à l'hôpital pour son check-up annuel, la coronarographie révéla que la seconde carotide était à présent gravement obstruée et qu'une opération s'imposait. Ce serait donc la septième année de suite qu'il faudrait l'hospitaliser. La nouvelle le secoua, d'autant qu'il avait appris la mort d'Ezra Pollock le matin même. Mais enfin, il aurait le même chirurgien vasculaire, serait opéré au même hôpital, et cette fois, il n'allait pas faire la bêtise de se contenter d'une anesthésie locale : il exigerait d'être inconscient pendant toute l'intervention. Compte tenu de sa première opération, il se persuadait de son mieux qu'il n'y avait pas à s'inquiéter ; si bien qu'il ne prit même pas la peine de prévenir Nancy que l'opération était imminente — d'ailleurs, il fallait bien qu'elle s'occupe de sa mère. Il se donna un certain mal pour retrouver Maureen Mrazek, en revanche, mais au bout de quelques heures il avait épuisé les rares pistes qui auraient pu mener jusqu'à elle.

Restait donc Howie, à qui il n'avait pas téléphoné depuis un moment. On aurait dit que, leurs parents morts de longue date, toutes sortes de pulsions jusque-là proscrites ou tout simplement absentes se déclenchaient aujourd'hui en lui, et qu'il leur donnait libre cours, par une rage de malade, par la rage et le désespoir d'un malade sans joie, qui n'avait pas su éviter le piège le plus mortel de la longue maladie : l'aigrissement du caractère — c'est ainsi qu'il avait détruit le dernier lien qui l'unissait encore à ceux qui lui étaient le plus chers. Son premier amour avait été son frère. La seule constante de sa vie, c'était l'admiration qu'il vouait à cet homme d'une grande bonté. Il avait raté ses trois mariages mais, dans toute leur vie d'adultes, lui et son frère étaient restés fidèles l'un à l'autre. Howie lui donnait tout sans attendre qu'il lui demande. Et voilà qu'il l'avait perdu, tout comme il avait perdu Phoebe, par sa propre faute. Comme si les rangs de ceux qui comptaient pour lui ne s'éclaircissaient pas déjà trop, il avait parachevé la décomposition de sa propre famille. Il faut dire que décomposer les familles, c'était sa spécialité. N'avait-il pas spolié trois enfants d'une enfance structurée, et de la protection constante d'un père comme celui qu'il avait lui-même chéri, qui leur appartenait, à lui et à Howie, en toute exclusivité ?

Comprenant tout ce qu'il avait anéanti lui-même, sans raison valable, et, pis encore, sans le vouloir, contre son gré même, comprenant sa dureté envers un frère qui n'avait jamais été dur envers lui, qui n'avait jamais manqué de le consoler et de lui venir en aide, comprenant les effets qu'avait pu avoir sur ses enfants le départ de leur père ; faisant le constat humiliant que physiquement — entre autres — il s'était rabougri pour devenir cet homme qu'il ne voulait pas être, il se mit à se frapper la poitrine en cadence, pour rythmer les admonestations, au risque de heurter son défibrillateur. En ce moment précis, il savait bien mieux que Lonny et Randy en quoi consistaient ses défaillances. Cet homme, si posé d'ordinaire, battait furieusement sa coulpe, comme un fanatique en prière, et, assailli par le remords d'avoir commis cette erreur, et toutes les autres avec elle, toutes ces fautes inévitables, ineptes, ineffaçables, balayé par la misère de ses propres limites, et réagissant pourtant comme s'il était responsable de toutes les contingences incompréhensibles de la vie, il dit à voix haute : « Sans Howie ! Finir comme ça, sans même mon frère ! »

Dans le ranch de Howie, à Santa Barbara, il y avait une confortable maison d'amis, presque aussi grande que son appartement de Starfish Beach. Bien des années plus tôt, il y avait séjourné avec Phoebe et Nancy pendant que Howie était en Europe avec femme et enfants. La maison donnait sur la piscine, les chevaux de Howie s'égaillaient dans les collines environnantes, et il y avait du personnel pour assurer le ménage et les repas. Aux dernières nouvelles, un des fils de Howie, Steve, l'océanographe, s'y était temporairement installé avec sa petite amie. Allait-il oser s'inviter ? Pouvait-il, de but en blanc, dire à son frère qu'il aimerait occuper cette maison d'amis un ou deux mois, le temps de voir venir ? S'il pouvait partir en Californie après l'opération, et profiter de la compagnie de Howie pendant sa convalescence...

Il décrocha le téléphone et composa le numéro, mais tomba sur un répondeur, à qui il laissa ses coordonnées. Une heure plus tard environ, Rob, le benjamin de son frère, le rappelait. « Mes parents sont au Tibet, expliqua-t-il. — Qu'est-ce qu'ils fichent, au Tibet ? » (Il les croyait chez eux et se dit qu'ils n'avaient pas envie de lui répondre.) « Papa est parti en voyage d'affaires à Hong Kong, un conseil d'administration, je crois, et maman est partie avec lui. Ils en ont profité pour découvrir le Tibet. — Et les frontières du Tibet sont ouvertes aux Occidentaux ? — Oui, tout à fait. Ils ne seront pas rentrés avant trois semaines. Tu veux que je leur transmette un message ? Je peux leur envoyer un mail, c'est ce que je fais quand les gens appellent. — Non, non, pas la peine. Comment vont tes frères, Rob ? — Tout le monde va bien, et toi ? — On fait aller », dit-il, en raccrochant.

Et voilà : il avait divorcé trois fois, jadis épouseur à répétition, mari caractérisé tout autant par sa ferveur que par ses malversations conjugales, et il allait devoir s'en sortir tout seul ; dorénavant, il devrait s'en sortir tout seul jusqu'au bout. Depuis l'âge de vingt ans, où il se trouvait conformiste, et jusqu'à la cinquantaine et au-delà, il avait plu aux femmes ; depuis qu'il était entré aux Beaux-Arts, ça ne s'était jamais démenti. À croire que c'était sa vocation ultime. Et puis un jour, il s'était produit quelque chose d'imprévu, d'imprévu et d'imprévisible : il vivait depuis près de trois quarts de siècle, et voilà que la phase créative, active de sa vie était révolue. Il ne dégageait plus ce magnétisme, propre au mâle en activité, il ne pouvait plus faire fleurir les joies masculines ; et il essayait de ne pas trop les regretter. Une fois tout seul, il avait cru un moment que les composantes manquantes allaient lui revenir pour le rendre de nouveau inviolable, réaffirmer sa maîtrise sur la vie ; que les prérogatives qui lui avaient été ravies par erreur lui seraient restituées, et qu'il pourrait reprendre sa vie où il l'avait laissée quelques années plus tôt. Or il semblait bien au contraire que, vieillard diminué comme beaucoup de vieillards, il était entré dans un processus de rétrécissement, et qu'il lui faudrait en l'occurrence boire jusqu'à la lie le calice de ses jours sans but, jours sans but et nuits incertaines, témoin de sa dégradation physique irréversible, en proie à une tristesse incurable, dans l'attente, l'attente de celui qui n'a rien à attendre. C'est comme ça que ça marche, se dit-il, et ça, tu ne pouvais pas le savoir.

L'homme qui nageait dans la baie avec la mère de Nancy était arrivé là où il n'aurait jamais cru arriver. Il était temps de s'inquiéter du néant. L'avenir lointain l'avait rattrapé.

Un samedi matin, moins d'une semaine avant l'opération — un cauchemar affreux l'avait réveillé tout suffocant à trois heures ; il avait dû allumer toutes les lumières de l'appartement pour calmer ses terreurs et les laisser allumées pour se rendormir —, il décida qu'aller à New York lui ferait du bien : il verrait Nancy et les jumeaux, et retournerait rendre visite à Phoebe, qui était sortie de l'hôpital en prenant une infirmière à domicile. En temps normal, l'indépendance qu'il cultivait était la pierre angulaire de sa force ; c'était grâce à elle qu'il avait pu commencer une nouvelle vie sans craindre d'abandonner famille et amis. Mais depuis qu'il avait renoncé à tout espoir de vivre avec Nancy, ou de s'installer chez Howie, il se sentait retomber en enfance, s'affaiblir jour après jour. Était-ce l'imminence de sa septième hospitalisation annuelle qui anéantissait son assurance ? Était-ce la perspective de se voir peu à peu dominé par des considérations médicales, à l'exclusion de toute autre ? Ou bien était-ce cette prise de conscience qu'à chaque séjour à l'hôpital, et ce depuis l'enfance jusqu'à l'intervention imminente, le nombre de présences à son chevet diminuait, au point que les troupes d'antan se réduisaient à rien ? Ou était-ce simplement le pressentiment de l'impuissance toute proche ?

Dans son rêve, il était couché nu auprès de Millicent Kramer, son élève du cours de peinture. Il tenait dans

137

ses bras son cadavre froid, comme il avait tenu Phoebe le jour où sa migraine était si pénible que le médecin lui avait fait une piqûre de morphine, qui avait eu raison de la douleur, mais provoqué des hallucinations terrifiantes. Cette nuit, quand il s'était réveillé, il avait allumé la lumière, bu de l'eau, ouvert la fenêtre toute grande et arpenté l'appartement pour retrouver ses esprits mais, malgré lui, il n'avait qu'une idée en tête, se représenter les derniers moments de Millicent : est-ce qu'elle s'était tuée dans la précipitation, en avalant ses pilules d'un seul coup, de peur de changer d'avis ? Une fois qu'elle les avait prises, est-ce qu'elle s'était mise à hurler qu'elle ne voulait pas mourir, mais qu'elle ne supportait plus cette douleur invalidante, qu'elle voulait seulement que la douleur s'arrête ? Est-ce qu'elle avait crié, pleuré — si seulement Gerald était là pour l'aider, pour lui dire de s'accrocher, pour lui assurer qu'elle était de taille à tenir le coup, et qu'il était avec elle ? Était-elle morte en pleurant, en balbutiant son nom ? Ou bien avait-elle agi calmement, convaincue au bout du compte de ne pas faire d'erreur ? Avait-elle pris son temps, contemplé la fiole de cachets pour en vider le contenu dans le creux de sa main et l'avaler lentement, avec son dernier verre d'eau, sa dernière gorgée d'eau, la dernière à jamais ? Était-elle résignée, réfléchie, courageuse face à tout ce qu'elle laissait derrière elle, souriante, peut-être, entre ses larmes, au souvenir de toutes les délices, de tout ce qui l'avait mise en joie, qui lui avait donné du plaisir, la mémoire fourmillant de centaines de moments ordinaires, qui ne l'avaient pas marquée à l'époque, mais qui semblaient aujourd'hui avoir eu pour fonction d'inonder ses jours d'une félicité banale ? Est-ce qu'au contraire elle avait perdu tout intérêt pour les choses qu'elle laissait derrière elle ? Est-ce qu'elle s'était montrée intrépide, en se disant seulement : Enfin, la douleur s'arrête, la douleur est partie, et je n'ai plus qu'à m'endormir pour quitter ce phénomène stupéfiant ?

Mais comment peut-on choisir de quitter notre plénitude pour ce rien sans fin ? Lui, comment ferait-il ? Est-ce qu'il serait capable de se coucher pour prendre congé, bien calmement ? Avait-il la force de Millicent Kramer pour tirer un trait sur tout ça ? Elle était du même âge que lui. Pourquoi pas ? Dans l'état où elle se trouvait, on n'en est pas à quelques années près. Qui aurait pu la taxer d'avoir quitté la vie sur un coup de tête ? Il le faut, il le faut, songeait-il, mes six stents me disent qu'un jour prochain, il me faudra prendre congé sans peur. Mais quitter Nancy ? Je ne peux pas ! Avec ce qui pourrait lui arriver sur le chemin de l'école ! Sa fille, abandonnée, sans qu'il puisse la protéger autrement que par les gènes qui les liaient ! Et lui, privé pour l'éternité de ses appels téléphoniques matinaux ! Il se vit courir dans toutes les directions à la fois, au grand carrefour d'Elizabeth — père raté, frère envieux, mari menteur, fils inutile — et, à quelques rues de la bijouterie familiale, appeler toute la troupe du drame familial, qu'il ne pouvait rattraper, si vite qu'il courût. « Maman, Papa, Howie, Phoebe, Nancy, Randy, Lonny — si seulement j'avais su comment faire ! Vous ne m'entendez pas ? Je vais partir ! C'est fini, je vous quitte, tous ! » Et ceux qui lui échappaient aussi vite qu'il leur échappait, tournaient simplement la tête pour lui crier à leur tour ces mots si lourds de sens : «Trop tard ! »

Partir — le mot même l'avait tiré de son cauchemar, dans la panique et la suffocation, il l'avait délivré tout vif de son étreinte avec le cadavre.

Il n'alla pas jusqu'à New York. Quand il se trouva sur l'autoroute du New Jersey, il se souvint qu'au sud de l'aéroport de Newark il rencontrerait la sortie menant au cimetière où ses parents étaient enterrés ; une fois là, il s'engagea sur une route sinueuse qui traversait une banlieue résidentielle décrépite, longeait une vieille école lugubre pour finir devant une déviation poids lourds défoncée qui bordait les deux ou trois hectares du cimetière juif. Tout au bout se trouvait une rue peu fréquentée, où les moniteurs d'auto-école amenaient leurs élèves pour leur apprendre les demi-tours. Lentement, au pas, il franchit le portail à pointes laissé ouvert et se gara en face d'un édicule, ancien oratoire, sans doute, qui n'était plus qu'une ruine, ouverte aux quatre vents. La synagogue qui administrait autrefois le cimetière était désaffectée, ses fidèles s'étant installés dans les banlieues des comtés d'Union, Essex et Morris, et apparemment plus personne ne s'occupait de quoi que ce soit. La terre s'effondrait, elle cédait autour de nombreuses tombes ; partout, on voyait des pierres tombales affalées sur le flanc, et ce, non seulement dans la partie la plus ancienne, où ses grands-parents étaient enterrés, parmi les centaines de tombes noircies par les ans, tassées les unes contre les autres, mais dans la partie récente, où les dalles de granit dataient de la seconde moitié du vingtième siècle. Tout cela lui avait échappé quand ils s'étaient réunis pour enterrer son père. Tout ce qu'il avait vu, ce jour-là, c'était le cercueil, reposant sur ses courroies au-dessus de la tombe ouverte. Simple, modeste, et pourtant vaste comme le monde. Puis avaient suivi l'inhumation brutale, la terre dans la bouche.

En l'espace d'un mois, il venait d'assister à deux enterrements, dans deux cimetières différents du comté de Monmouth, deux cimetières plutôt moins sinistres que celui-ci, et moins dangereux. Au cours des dernières décennies, outre les vandales qui saccageaient les pierres tombales et les édicules de l'entrée où ses parents étaient inhumés, des braqueurs opéraient sur les lieux, rançonnant les vieillards qui, seuls ou à deux, venaient passer un moment près du caveau de famille. À l'enterrement de son père, le rabbin lui avait expliqué que, s'il se trouvait seul, il serait bien avisé de ne venir sur la tombe de ses parents que pour les grandes fêtes juives car, à la demande des administrateurs de cimetière, la police locale acceptait d'y assurer la protection des pratiquants venus réciter les psaumes et se recueillir sur leurs tombes. Il avait écouté le rabbin avec des hochements de tête mais, ne se comptant pas au nombre des croyants, et moins encore des pratiquants, et éprouvant par ailleurs une franche aversion pour les grandes fêtes en question, il ne choisirait jamais de se rendre au cimetière pendant cette période.

Les défuntes étaient deux élèves du cours de peinture, mortes d'un cancer à une semaine d'intervalle. Beaucoup de gens de Starfish Beach étaient présents aux deux cérémonies. En regardant autour de lui, il ne put s'empêcher de se demander à qui le tour. Tout un chacun se dit tôt ou tard que, dans cent ans, plus aucun des vivants actuels ne sera sur terre, la Grande Faucheuse aura fait place nette. Mais lui pensait en termes de jours. Ses ruminations étaient celles d'un homme condamné.

Aux deux enterrements, une vieille dame boulotte pleurait avec un désespoir suggérant qu'elle était plus qu'une simple amie des défuntes ; vraisemblance mise à part, on l'aurait prise pour leur mère à toutes les deux. Au deuxième enterrement, il se trouva qu'elle sanglotait à quelques pas de lui ; l'inconnu obèse, auprès d'elle, devait être son mari, même si (mais justement) il se tenait ostensiblement à l'écart de cette femme, bras croisés, dents serrées, menton levé, spectateur indifférent ne voulant plus rien avoir de commun avec elle. À vrai dire, ses larmes semblaient lui inspirer un mépris amer plutôt qu'une sollicitude compatissante. Au milieu de la cérémonie, lorsque le rabbin se mit à psalmodier en anglais les mots de la prière, il se tourna vers lui spontanément et lui lança avec irritation : « Vous savez pourquoi elle nous fait toutes ces démonstrations ? — Je crois que je m'en doute », répondit-il à voix basse, voulant dire : C'est parce qu'il en va pour elle comme pour moi depuis que je suis tout petit. Parce qu'il en va pour elle comme pour tout le monde. Parce que l'expérience la plus intense, la plus perturbante de la vie, c'est la mort. Parce que la mort est tellement injuste. Parce qu'une fois qu'on a goûté à la vie, la mort ne paraît même pas naturelle. Moi j'avais cru, j'en étais même secrètement certain, que la vie continuait indéfiniment. « Vous n'y êtes pas du tout, dit l'homme, catégorique, comme s'il lisait dans ses pensées, elle est comme ça tout le temps. Cinquante ans que ça dure, ajouta-t-il avec un froncement de sourcils féroce. Elle est comme ça parce qu'elle n'a plus dix-huit ans. »

Ses parents se trouvaient à l'extrémité du cimetière, et il mit un moment à retrouver les tombes, le long de la grille d'enceinte qui séparait les dernières rangées de concessions d'une étroite rue latérale servant d'aire de repos aux camionneurs fatigués de l'autoroute. N'étant pas venu depuis des années, il avait oublié l'effet que lui faisait la première vue de la pierre tombale. Dès qu'il y vit leurs deux noms gravés, il fut terrassé par une crise de larmes comme celles qui secouent les bébés et les laissent pantelants. Il n'eut aucun mal à se rappeler son dernier souvenir d'eux — celui d'une visite à l'hôpital — mais, quand il tenta de se remémorer le premier, l'effort pour remonter aussi loin que possible dans leur passé commun souleva une seconde vague d'émotion qui eut raison de lui.

Ils n'étaient plus que des os, des os dans une caisse, mais leurs os étaient les siens, et il s'en approcha au plus près, comme si cette proximité pouvait le relier à eux et atténuer l'isolement causé par la perte de l'avenir, recréer le lien avec tout ce qui avait disparu. Pendant l'heure et demie qui suivit, ces os furent pour lui la chose la plus importante. Ils furent la seule chose importante, malgré ses considérations parasites sur le délabrement du cimetière abandonné. Une fois en compagnie de ces os, il ne put les quitter, ne put s'empêcher de leur parler, d'écouter ce qu'ils lui disaient. Entre lui et ces os, l'échange était puissant, bien plus puissant, aujourd'hui, qu'entre lui et les êtres encore vêtus de chair, car la chair se dissout, et les os demeurent. Ces os étaient la seule consolation, pour un homme qui ne croit pas à l'au-delà, qui sait pertinemment que Dieu est une fiction, et que cette vie est la seule qui nous soit donnée. Comme aurait dit Phoebe à l'époque de leur rencontre, on pouvait affirmer sans exagération aucune que son plus profond plaisir, à présent, il le trouvait au cimetière. C'était le seul lieu où il pouvait trouver la plénitude et la paix.

Il n'avait pas l'impression de jouer. Il n'avait pas l'impression de prendre ses désirs pour des réalités. La réalité, précisément, c'était l'intensité du lien avec ces os.

Sa mère était morte à quatre-vingts ans, son père à quatre-vingt-dix. Il leur dit à haute voix : « J'ai soixante et onze ans. Votre petit garçon a soixante et onze ans. — Tant mieux, répondit sa mère. Tu as vécu. » Et puis son père lui dit : « Penche-toi sur ton passé, répare ce que tu peux réparer, et tâche de profiter de ce qui te reste. »

Impossible de partir. La tendresse le submergeait. Et avec elle le désir que tout le monde soit encore en vie. Que tout soit comme avant.

Il retraversait le cimetière pour récupérer sa voiture lorsqu'il passa devant un Noir en train de creuser une tombe à la pelle. Il était déjà enfoncé jusqu'aux cuisses dans la fosse inachevée et, à l'approche du visiteur, il s'arrêta de pelleter la terre et de la rejeter. Il était vêtu d'un bleu de travail foncé, avec une vieille casquette de base-ball sur la tête ; à en juger par sa moustache grisonnante et son visage ridé, il avait au moins cinquante ans ; mais il était encore puissant et charpenté.

« J'aurais cru qu'on ne faisait plus ça à la main, dit-il au fossoyeur.

— Dans les grands cimetières, où on creuse beaucoup de tombes, on se sert souvent d'une machine, c'est vrai. » Il parlait avec l'accent du Sud, mais s'exprimait de façon concrète, avec précision, en instituteur pédant plutôt qu'en travailleur de force. « Moi, j'évite de me servir d'une machine, ça pourrait faire s'effondrer les autres tombes. Le sol peut s'ébouler et il peut écrabouiller le cercueil. Sans oublier les pierres tombales. Je m'en sors mieux en faisant tout à la main. C'est bien plus net. Comme ça, je peux déblayer la terre sans faire de dégâts autour. Je me sers d'un tout petit tracteur, très maniable, et je creuse à la pelle. »

Il remarqua en effet le tracteur, dans l'allée herbue qui passait entre les tombes. « Il sert à quoi, le tracteur ?

— C'est pour emporter la terre que je retire. Depuis le temps que je fais ce métier, je sais exactement combien il faut en retirer et combien il faut en laisser. Les dix premières bennes, je les emporte. Tout ce qui reste, je le répands sur des planches. Je glisse des planches en contreplaqué, regardez. Je pose trois planches pour que la terre ne soit pas en contact avec l'herbe. La moitié de la terre qui reste, je la répands sur les planches. Ensuite, je comble, et puis je recouvre le tout avec ce tapis vert. C'est plus joli, pour les familles. On dirait de l'herbe.

— Et comment vous creusez ? Ça vous ennuie, que je vous demande ça ?

— Non, dit le fossoyeur, toujours enfoncé dans la tombe jusqu'aux cuisses. En général, les gens tiennent pas à le savoir. En général, moins ils en savent, mieux ils se portent.

— Moi, je veux bien savoir », assura-t-il au fossoyeur. C'était vrai. Il n'avait pas envie de partir.

« Voilà, j'ai un plan du cimetière. Il représente toutes les concessions. Ça me permet de repérer l'emplacement, même s'il a été acheté Dieu sait quand, il y a cinquante, soixante-quinze ans. Quand je l'ai repéré, je viens avec une sonde. Vous la voyez, là-bas. C'est ce poteau de deux mètres qui est fiché dans la terre. Je m'en sers pour plonger à cinquante, quatre-vingts centimètres, et c'est comme ça que je repère la tombe voisine. Ça s'entend, quand on la cogne, ça fait "toc". À ce moment-là, je prends un bâton pour marquer l'emplacement de la nouvelle tombe. Et puis j'ai un cadre en bois que je pose, pour délimiter l'excavation. Je prends mon coupe-bordure pour découper aux mesures. Puis je rétrécis le cadre et je fais des mottes de terre de trente centimètres cubes, à peu près, et je les remets derrière la tombe, pour ne pas qu'on les voie le jour de l'enterrement, ça fait malpropre. Moins on a de terre, plus c'est facile à nettoyer. Je ne supporte pas de laisser des saletés. Je place une planche derrière la tombe d'à côté, et j'y dépose les cubes de terre à la fourche. Je les pose comme une rangée de cubes, pour qu'on croie que je les ai tirés de là. Ça me prend bien une heure. C'est la partie pénible. Quand j'ai fini, je me mets à creuser. J'amène le tracteur, avec la benne qu'il remorque. Et là, je commence à creuser, comme je suis en train de le faire en ce moment. C'est mon fils qui creuse la partie la plus dure. Il est plus fort que moi, à présent. Il aime bien intervenir quand j'ai fini. S'il a autre chose à faire, ou bien s'il n'est pas là, je fais tout moi-même. Mais quand il est là, je lui laisse faire le plus dur. J'ai cinquante-huit ans, moi, je ne creuse plus comme dans le temps. Quand il a commencé, je le faisais venir du début à la fin, et on creusait à tour de rôle. C'était sympa, parce qu'il était jeune, et que ça me laissait le temps de lui parler, vu qu'on était que tous les deux.

— Et vous lui parliez de quoi ?

— Pas de cimetières, dit-il en riant de bon cœur, pas de ce qu'on est en train de dire.

— Et de quoi, alors ?

— De tout et de rien. De la vie. Comme je vous disais, je creuse la première moitié. J'ai deux pelles, une carrée, quand la terre est facile, parce qu'on peut en prendre plus à la fois, et puis une pointue, ordinaire. Une pelle modèle courant, c'est de ça qu'on se sert, quand il n'y a pas de problème particulier. Quand ça va tout seul, surtout au printemps, quand la terre est bien meuble, encore humide, je prends la grosse pelle, j'en mets des grandes pelletées dans la remorque. Je creuse du devant vers le fond, et je creuse par carrés, et au fur et à mesure, je me sers du coupe-bordure pour recadrer le trou. Du coupe-bordure et de la fourche droite, on appelle ça une fourche-pelle. Je m'en sers aussi pour tasser la terre, lisser les bords, rendre le trou bien carré. Il faut le faire le plus carré possible. Les dix premiers chargements de la benne, je les verse dans la partie basse du cimetière parce qu'on veut la combler ; comme ça, je vide ma benne, et je reviens la remplir. Dix fois. À ce moment-là, j'ai fait la moitié de la tâche. Ça fait pas loin d'un mètre de profondeur.

— Donc, en tout et pour tout, ça vous prend combien de temps ?

— Pour ma partie, il faut compter trois heures, quand c'est pas quatre, selon les conditions. Mon fils, qui va vite, ça va lui prendre encore dans les deux heures et demie derrière moi. Une journée de travail en tout, donc. En général, je viens sur le coup de six heures du matin, et lui vers dix heures. Mais il est occupé, en ce moment, alors je lui dis de venir quand il veut. Quand il fait chaud, il vient le soir, à la fraîche. Avec les Juifs, on n'est prévenus que la veille, il faut faire vite. Dans la partie chrétienne du cimetière », il désignait du geste le grand cimetière en expansion, de l'autre côté de la route, « les pompes funèbres nous préviennent deux-trois jours à l'avance.

— Et vous faites ça depuis combien de temps ?

— Trente-quatre ans. Un bail. C'est un bon boulot. C'est paisible. Ça vous laisse du temps pour penser. Mais c'est beaucoup de boulot quand même. Je commence à avoir mal aux reins, moi. Je vais pas tarder à passer le relais à mon fils. Il va prendre la relève, et moi je me retirerai là où il fait chaud toute l'année. Parce que, attention, je ne vous ai parlé que du creusement de la fosse, là. Il faut revenir la combler. Ça vous prend encore trois heures. Il faut remettre les mottes, et tout et tout. Mais revenons au moment où la fosse est creusée. Mon fils a fini. Il a mis le trou au carré, le fond bien nivelé. Six pieds de profondeur, bien net, on sauterait dedans. Comme disait le vieux avec qui je creusais à mes débuts, il faut que ça soit asscz plan pour pouvoir y poser un lit. Je me fichais de lui, à l'époque, quand il disait ça. Mais il avait raison. Ce trou de six pieds de profondeur, il faut qu'il soit impeccable, pour la famille, et pour le mort.

— Ca vous ennuierait que je reste à vous regarder ?

— Pas du tout. La terre est facile, pas de cailloux. Ça se creuse tout seul. »

Il le regarda enfoncer sa pelle, et soulever sans peine les mottes qu'il déposait sur la planche. Toutes les cinq minutes, il se servait des pointes de la fourche pour dégager les bords, et puis il choisissait une des deux pelles pour reprendre l'excavation. De temps en temps, un petit caillou ricochait sur le contre-plaqué, mais la terre qui sortait de la fosse était essentiellement brune et humide, friable sous la pelle. Pour bien voir, il s'était placé à côté de la pierre tombale derrière laquelle le fossoyeur avait posé les cubes de terre qu'il remettrait dans la fosse après l'enterrement. Le cube était aux mesures de la planche de contre-plaqué sur lequel il reposait. Il n'avait toujours pas envie de partir, puisqu'il lui suffisait de tourner la tête pour apercevoir la tombe de ses parents. Il avait envie de ne plus jamais repartir.

Désignant la pierre tombale, le fossoyeur expliqua : « Le gars qui est là, c'était un ancien combattant de la Seconde Guerre mondiale. Il avait été prisonnier de guerre au Japon. Un type formidable. Je le connaissais parce qu'il venait sur la tombe de sa femme. Un gars rudement sympa. Le genre qui vous tire d'affaire quand votre voiture tombe en panne.

149

— Alors, il y en a que vous connaissez, parmi ces gens.

— Et comment. Tenez, là, il y a un petit gars de dix-sept ans. Il s'est tué en voiture. Ses copains viennent le voir ; ils mettent des canettes de bière sur sa tombe, une canne à pêche. Il aimait bien la pêche. »

Il cogna sa pelle sur le contre-plaqué pour en faire tomber une motte de terre, puis se remit à creuser. « Oh ! s'exclama-t-il en jetant un coup d'œil vers la rue, la voilà. » Aussitôt, il posa son outil et retira ses gants jaunes tout terreux. Pour la première fois, il sortit de la fosse et tapa l'une contre l'autre ses chaussures de travail usées pour éliminer la terre qui y adhérait.

Une Noire âgée approchait de la tombe ouverte avec une petite glacière à motif écossais dans une main, et un thermos dans l'autre. Elle portait des chaussures de sport, un pantalon en nylon du même jaune que les gants du fossoyeur et un blouson bleu des New York Yankees, avec une fermeture éclair.

Le fossoyeur lui annonça : « Je te présente un monsieur très aimable, qui me tient compagnie depuis ce matin. »

Elle salua d'un signe de tête et lui tendit la glacière et le thermos, qu'il posa à côté du tracteur.

« Merci, chérie. Arnold dort encore ?

— Il est levé. Je t'ai fait deux sandwiches à la viande et un à la saucisse.

— C'est bon, ça, merci. »

Elle lui répondit de nouveau par un petit signe de tête, sur quoi elle fit demi-tour, sortit du cimetière, remonta dans sa voiture et s'en alla.

« C'est votre femme ?

— C'est Thelma. » Le fossoyeur ajouta avec un sourire : « Elle me nourrit.

— Ça n'est pas votre mère.

— Ah non, non, non, monsieur, dit le fossoyeur en riant, pas du tout.

— Et ça ne lui fait rien de venir ici.

— Quand faut y aller, faut y aller, s'il faut vous résumer sa philosophie. Pour elle, ce que je fais, c'est jamais que creuser un trou. Un boulot comme un autre.

— Je vous laisse, il faut que vous mangiez votre casse-croûte. Mais je voulais vous demander… est-ce que c'est vous par hasard qui auriez creusé la tombe de mes parents ? Ils sont enterrés là-bas, je vais vous montrer. »

Le fossoyeur le suivit jusqu'à ce qu'ils aperçoivent nettement la tombe familiale.

« C'est vous qui les avez creusées, celles-ci ?

— Et comment !

— Eh bien, je tenais à vous remercier. Je tenais à vous remercier de ce que vous m'avez dit, de la clarté de vos explications. Vous n'auriez pas pu être plus concret. C'est bon à savoir, pour quelqu'un de mon âge… Je vous remercie d'avoir été concret, et je vous remercie pour le soin et la considération avec lesquels vous avez creusé la tombe de mes parents. Je me demandais si vous accepteriez quelque chose.

— J'ai reçu mon salaire à l'époque, merci.

— Oui, mais ça me ferait plaisir de vous donner quelque chose, à vous et à votre fils. Mon père disait toujours : "N'attends pas que ta main soit froide pour donner." » Il lui glissa deux billets de cinquante dollars et, tandis que le fossoyeur refermait sa grande main calleuse sur les billets, il le regarda de près pour voir le visage avenant et sillonné de rides, la peau grêlée de ce Noir moustachu, qui pourrait bien, un jour prochain, lui creuser une fosse assez plane pour y poser un lit.

Les jours suivants, il lui suffisait de désirer assez fort leur présence pour qu'ils surgissent, non seulement les parents d'os de l'homme vieillissant, mais ceux de chair de l'enfant encore en bourgeon, qui partait en autobus à l'hôpital, avec *L'Île au trésor* et *Kim,* dans la mallette que sa mère tenait sur ses genoux. Un garçon encore en bourgeon mais qui, fort de sa présence, ne manifestait aucune appréhension, et avait oblitéré tout souvenir du corps bouffi du matelot ramassé par les gardes-côtes sur le bord de la grève mazoutée.

Il entra un mercredi matin de bonne heure, pour se faire opérer de l'artère carotide droite. Le cérémonial avait été exactement le même que pour l'opération de la carotide gauche. Il attendit dans l'antichambre vitrée, avec tous les candidats à l'intervention, l'appel de son nom. Et dans sa chemise d'hôpital impalpable, ses pantoufles en papier, il fut conduit par une infirmière en salle d'opération. Cette fois, quand l'anesthésiste masqué lui demanda s'il voulait une anesthésie locale ou générale, il demanda la générale, pour rendre cette intervention plus supportable que la précédente.

Les paroles prononcées par les os l'avaient rendu allègre, insubmersible. De même que son triomphe de haute lutte sur son propre marasme. Plus rien ne pourrait éteindre la vitalité de ce gamin dont le petit corpstorpille fuselé, immaculé, avait jadis chevauché les grosses vagues atlantiques, dans l'océan déchaîné, à cent mètres des grèves. Oh, quelle ivresse ! l'odeur de l'eau salée, la brûlure du soleil ! La lumière du jour, la lumière qui pénétrait partout, jour après jour d'été, la lumière du jour, brasillant sur la mer vivante, trésor optique si vaste, d'une valeur si astronomique, qu'il croyait voir sous la loupe de son père, gravée à ses initiales, la planète elle-même, parfaite, précieuse, sa demeure, ce joyau d'un million, d'un billion, d'un trillion de carats, la Terre ! Il coula sans venir voir le coup, sans jamais pressentir l'issue, avide au contraire de s'assouvir encore, mais il ne se réveilla pas. Arrêt cardiaque. Il n'était plus. Affranchi de l'être, entré dans le nulle part, sans même en avoir conscience. Comme il le craignait depuis le début.

Achevé d'imprimer
sur Roto-Page
par l'Imprimerie Floch
à Mayenne, le 5 octobre 2007.
Dépôt légal : octobre 2007.
Numéro d'imprimeur : 68854.

ISBN 978-2-07-078094-5/Imprimé en France.

144285